性悪という理由で婚約破棄された嫌われ者の令嬢
～心の綺麗な者しか好かれない精霊と友達になる～

黒塔真実

Mami Kokutou

Regina

ディー（小）
ディーの小さな頃の姿。
ディー（大）
孤独なカリーナの前に現れた精霊。
彼女の味方をする唯一の存在。
カリーナ
聖女の血筋を持つ令嬢。
母親を亡くし、実父、義母、
義妹全員に虐げられ、
世間に悪い噂を流されている。
登場人物紹介
Characters

オリバー
カリーナの婚約者。
この国の第二王子。
アマンダ
カリーナの義母。
カリーナを
酷く嫌っている。
ルシアン
カリーナの初恋の相手。
高潔だと評判の第一王子。
リリア
カリーナの義妹。
狡猾な性格で、
いつもカリーナを陥れる。

目次

性悪という理由で婚約破棄された嫌われ者の令嬢

～心の綺麗な者しか好かれない精霊と友達になる～

プロローグ　性悪と呼ばれて

「――カリーナ！　昨夜はよくも恥をかかせてくれたな。まさか、婚約者である俺の誕生会を欠席するとは……！」


半年ぶりに夕食の席に呼ばれた私は、食堂へ入ったとたん罵声(ばせい)を浴びせられた。

見ると、赤毛を逆立てるようにこちらを睨(にら)みつける、この国の第二王子、オリバー殿下がいる。

その青いアーモンド型の眼は私への敵意にかギラギラと輝き、端整な顔は怒りで歪(ゆが)んでいた。

豪華な料理が並んだ長テーブルには他にも、普段は宮廷の仕事で忙しくしている父と、社交に飛び回っている義母と義妹の姿がある。

既視感のある光景に、私はそっと溜め息をつく。

とりあえず言い返すのは後にして無言で着席し、胸の前で両手を組み合わせて目を瞑った。

信心深い母の教えを受けた私にとって、この大陸で広く信仰される水と豊穣の女神イクス様への感謝は、他の何よりも優先される。

そうして食前のお祈りを終えた私は、おもむろにオリバー殿下に向き直り事実を述べた。

「出席しようにも、殿下からの招待状を受け取っておりませんし、誕生日だと知りませんでした」

すると、すかさず斜め前方から甲高い声が飛んでくる。

「何を言っているの、カリーナ！　私は確かに手渡しましたよ。だいたいお前が今着ているのは、そのために仕立てた新しいドレスでしょうに。いつもながら言い訳のために平然と嘘をつく、恐ろしい娘だこと！」

事実無根の義母の非難に、父が嫌味ったらしい口調で追随した。

「どうせ最初から殿下の誕生会を口実に贅沢なドレスが欲しかっただけなのだろう？　いずれにせよ父親として嘆かわしい。わざわざ王都からお越しくださった殿下に向かって、最初に発した言葉が挨拶でもお詫びでもなく、恥知らずな言い訳なのだからな！　カリーナ、いったいお前はいつになったら、貴族の娘としての最低限度の礼儀を身につけるのだ?」

毎度のこととはいえ、理不尽な言いがかりに呆れてしまう。

病的な嘘つきなのは義母のほうだし、その口車に乗って私に家庭教師を一人もつけず、教育を与えないで放置したのは父なのに。

おかげで大陸の覇権を握るイクシード王国の名門貴族デッカー公爵家の娘として生まれながら、私は身分に相応しい礼儀や教養どころか、一般常識さえ身につけぬまま十五歳になっていた。

「――待ってください」

と、私が反論しかけたとき、遮るように義妹のリリアが泣きそうな声を上げる。

「オリバー様、私の力不足でごめんなさい！　昨日、出かけるのが億劫だと言う姉に、オリバー様のように素晴らしい婚約者をないがしろにしてはいけないと必死に訴え、出席するようお願いしたのですが……」

計算高いリリアは義母と違い、決して人前では私に露骨な攻撃をしかけてこない。

毎回こうして、いかにも『けなげな』演技をして周りの同情を誘い、巧妙に私を悪役に仕立て上げるのだ。

緩く波打つストロベリー・ブロンドの髪に大きな緑色の瞳。庇護欲を誘う幼さを残した愛らしい顔立ちと、小柄で華奢な身体。

そんなリリアの見た目に誰もが騙され、父に至っては最早、溺愛しているとしか言えない。

「おお、リリア！　相変わらずなんと心優しく、思いやり深いことか」

父は感嘆の言葉と共に愛情いっぱいの眼差しをリリアに向けた後、打って変わった憎々しげな目で私を見やる。

「比べてカリーナときたら、見た目と同じで心も人間味が薄く、冷たい」

昔から父は母譲りの私の容姿——青みがかった銀髪を「人の髪色ではない」、アイスブルーの瞳を「ガラス玉のよう」、顔立ちについても「人形みたいだ」とけなしていた。

「誰がどう見ても、天使のようなリリアに何一つ罪などない——悪いのはすべてカリーナだ！」

もっとも、そう断定した父だけではなく、この場にいる誰もがそう思っているらしい。

義母は当然ながらオリバー殿下を含め、周りに控える執事やメイド達までもがいっせいに私に非難の視線を注いでいる。

——それはすっかり見慣れたお決まりの光景。

病弱だった母が七歳のときに亡くなり、その一ヶ月後に父が再婚してからのこの八年間。私は義母とその連れ子のリリアの虚言により、繰り返しこうやって陥れられてきた。

人前で濡れ衣を着せられては悪者にされ、一方的に我儘、性悪というレッテルを貼り続けられてきたのだ。

結果、今では周囲にすっかりそのイメージが定着し、何が起こっても最初から私が悪いと決めつけられる。

それでなくても現在の公爵家には、義母に忠実でその手先のような使用人しかいない。そうでない者や、少しでも私に好意的な者は次々にクビを切られていったから。

オリバー殿下も二回しか会ったことのない婚約者の私より、仲の良いリリアの話を信じる。

まさに誰一人味方のいない、敵に囲まれた状況。

何を言ったところで無駄どころか、真実を主張すればするほど父は激高し、オリバー殿下の反感を買うだけだ。

ほぼ同じ場面を半年前にも経験していたのでわかっていた。

でも、誇り高かった母の娘として、違うものは違うとはっきり訂正せねばならない。

『いつでもどんな状況でも、正しいことは正しい、間違ったことは間違っていると、勇気を持って言える人間でありたいの』

生前の母の言葉を胸に、私は再度口を開く。

「なんと言われようとも、貰っていないものは貰っていません。このドレスについてもお義母様が勝手に仕立てたもの。他に入るサイズの盛装がなかったので、選択の余地がなく着てきただけです」

さもなければ誰がこんな派手で下品なデザインのものを選ぼうか。

一同を見回して私が言い切ると、そこで父がわざとらしくオリバー殿下に頭を下げてみせた。

「申し訳ないオリバー殿下。悪いのは父親であるこの私だ。どうやら上の娘への教育を間違ってしまったらしい」

義母が父を庇うように畳みかける。

「いいえ、旦那様のせいではありませんわ。聖女の子孫であることと美しさを鼻にかけ、常に人を下に見たカリーナの態度。すべてその身に流れている傲慢な母親の血のせいですわ」

自分のことはなんと言われても我慢できる。でも母のことは別だった。

「お母様を悪く言うのは止めてください！」

私がとっさに義母の暴言に抗議すると、父が忌々しそうに舌打ちする。

「まったく、いちいち私に逆らう反抗的なところまで母親にそっくりだ」

確かに母は何かと父と対立することが多かった。

でも、それは強欲で横暴な父が、領民や使用人などの多くの人を苦しめていたからだ。

「私の記憶にある限り、お母様は何一つ間違ったことをおっしゃってはいませんでした」

それにいくら折り合いの悪かった母に似ていたとしても、父にとって私は血を分けた実の娘。

なのに、どうしてここまで目の敵にするのか。義母の連れ子のリリアばかり可愛がって私を冷遇するのか。

どんなにこの境遇に慣れてもそれが理解できず、悲しい。

胸の痛みを覚えながらも毅然と見返すと、私への忌々しさのせいか父のたるんだ顎がぶるぶると小刻みに震えた。

「なんと、強情で生意気な！　これでは、来月から始まる王立学園での生活が思いやられる。この調子でリリアの足を引っ張り続けないといいが……！」

父の言う通り、イクシード王国の貴族の子女には十五歳になると王立学園に入る義務がある。

とはいえ、生まれたときからずっと領地のこの城に閉じ込められて育ってきた私は、学園に行かせてもらえるか大いに不安だった。

これまで『お前のような恥ずかしい娘を外には出せない』と、父にいっさいの外出を禁じられ、ごく少ない社交の機会も今回のように義母に悉く潰されている。

デッカー公爵家主催の集まりもあるはずだけど、父の再婚後は王都の屋敷で行われているらしく、領地にこもっている私は一度も参加したことがなかった。

半年前の私とオリバー殿下の婚約披露パーティーすら、私が嫌がっているという嘘の理由で行われなかったくらい。

もっともそれも、今日のように夕食に呼ばれ、オリバー殿下に苦情を言われて初めて知った。

とにかく今まで異常とも思えるほど、外の世界に出ることも関わることも妨害されてきた。

しかし、父も国の定めには逆らえないらしい。

誕生日が一ヶ月違いのリリアと一緒に、私も春から王立学園への入学が決まっていた。

しかも学園は王都にあり全寮制。

つまりようやく私も人並みに教育を受けられる上に、この牢獄のような生活から解放される。

そう考え、胸を弾ませていたとき、義母が大仰に溜め息をつく。

「本当に頭の痛いこと。せっかくリリアが王太子であるルシアン殿下の婚約者候補の一人に選ばれたというのに……！　いいこと、カリーナ？　協力してとは言わないけれど、せめてリリアの邪魔をしないでちょうだい」

――まさに寝耳に水の話だった。

私は義母の発言の前半部分の内容に衝撃を受け、思わず持っていたスプーンを落としてしまう。

ガチャン、と皿が鳴り、はっとした私は動揺を隠すためにパンに手を伸ばした。

やはり今日も私だけ別のメニューで、目の前に置かれているのはいつもと同じパンと豆の入ったスープ。

義母の数々の捏造の中に私が極度の偏食だというものがあり、毎回出されるのはこの二品のみである。もう何年も肉や魚を見ていない。

でも、他のことと違い、食べ物については文句を言うつもりはなかった。

どんな内容でも日々の糧は、神に感謝し大切に味わって頂くべきものだから。

しかし、心が波立ったままで、食事の味がまるでしない。

それでも食べ物を粗末にしてはいけないという一心で、私はパンを口に入れては呑み下す。

一刻も早くこの吊るし上げの場から去り、一人になって落ち着きたい。

そんなふうに私が急いで食べている間も会話は続いていた。

「大丈夫。学園でのことは一学年上の俺に任せてほしい。俺が盾となって、カリーナのいじめからリリアを守ろう」

オリバー殿下が胸を叩いて請け合い、リリアが感動したように見つめる。

「まあ、オリバー様はまるで騎士のようですね」

「本当に、頼りになりますわ。オリバー殿下、ありがとうございます！」

「殿下には、重ね重ねご迷惑とお手間を取らせ、申し訳ございません」

義母のお礼に続いてうやうやしく謝罪した父は、そこで声の調子を一転させる。

「いいか、カリーナ、少しでも問題を起こすようなら、即刻領地に連れ戻すからな！」

ちょうど最後のスープの一口を飲み終えた私は、恫喝の言葉に溜め息をついてから、席を立つ。

品数と量が少なかったおかげで、素早く料理を食べ終えることができた。

「食事が済んだので、部屋に下がらせていただきます」

「待て、カリーナ！」

父が怒鳴って制止しても構わず、私は急ぎ食堂を立ち去る。

そして、ホールを歩きながら、改めて知ったばかりの事実を思った。

「リリアがルシアン様の婚約者候補……」

苦く噛みしめるように呟き、胸が切なく痛んだとき、端にある大型の置き時計が鳴り始める。

ボーン、ボーン、ボーン――

その音に導かれるように、私の心はたちまち八年前に引き戻されていった。

そう、初めてルシアン様と会ったあの日へと――

＊＊＊

忘れもしない、あれは父の再婚祝いのパーティーが盛大に開かれた夜。

城中が祝いの雰囲気に包まれる中、幼い私は、一人取り残されたような寂しい気持ちでいた。

そばについていてくれる者は誰もいない。

母が死ぬのを待っていたかのように公爵家に出入りするようになった義母により、生まれたときから世話してくれていた乳母は解雇されていた。

以来、広い城の中に毎日一人で捨て置かれ、私は悲しみと孤独と共に「自分はいらない子ではないか」という不安と疑念を徐々に深めていく。

だからそれを晴らしたくて、その夜、城内にある礼拝堂の祭壇の陰に身を隠したのだ。

そうして、膝を抱えながら、ひたすら祈った。

――どうか、私がいないことを誰かが気づいてくれますように。お父様が捜しに来てくれますように……と。

しかし、願い虚しく、誰も来ないまま、ただ時間だけが過ぎていく。

やがて、礼拝堂内にある時計が三度目の時打ちの音を響かせ、やはり自分を気にかける者など一人もいないのだという失望に胸が覆われていた頃。

ようやく扉が開かれる音がして、私は希望に目を見張った。

ところが、祭壇の陰から頭だけ出して覗き見て、すぐに慌てて頭を引っ込める。

なぜなら現れたのが父でも使用人でもなく、陽の光を集めたような金髪と空色の瞳をした見知らぬ少年だったから。

彼が歩いてくる気配に、私は座った格好で膝に顔を埋め身を縮める。

すると、すぐ横で足音がぴたりと止まり、いきなり声をかけられた。

「ここにいたんだね。初めまして、僕はルシアン。君はカリーナだよね？」

顔を上げた私は、天井画から抜け出てきた天使みたいな少年の美貌(びぼう)に目を奪われ、言葉を失った。

呆然(ぼうぜん)と見返す幼い私に、当時九歳だったルシアン様はくったくない笑顔を向けてくる。

「君が見当たらなかったので、どこにいるのかと思って捜し回っていた。そうしたら、祭壇の裏から布が出ているのが見えたんだ」

どうやらスカートの裾(すそ)がはみ出ていたらしい。

ルシアン様は私の手を掴み、引き上げるようにして立たせる。そして思いをこめるように両手を握ってきた。

「ちょうど遠方にいて葬儀には出られなかったけど、デッカー公爵夫人が亡くなった知らせを聞いてから、ずっと娘の君のことが気になっていた……」

気遣う言葉と手の温(ぬく)もりが、孤独に凍えていた小さな胸に染みる。

思わず涙が込み上げてきたとき――

「大丈夫？　カリーナ」

ルシアン様に優しく問われ、涙と共に堪えていた悲しみが言葉となって一気に私の口から溢れ出した。

「……大丈夫なんかじゃない……今までずっとお母様と一緒だったのに、私を置いていなくなってしまった……私もお母様がいるところへ行きたい！」

泣きながら訴えると、ルシアン様は「辛いよね」といったん私の気持ちを受け止めた上で、こう言う。

「でも、幼い娘を残していかなければならなかったデッカー公爵夫人は、もっと辛かったはずだ。自分がいなくなった後の君のことを思って、どんなに無念で心残りだっただろう――」

そう言われた瞬間、私は目が覚める思いがした。

『お母様はいつもそんなに長く神様に何を祈っているの？』

『それはね、カリーナがこの先もずっと健康で元気なまま長生きできますように……そして綺麗な心をいつまでも持ち続け、誰にでも優しく親切にして、皆に愛される存在になりますように、と祈っているのよ』

生前の母はいつも私の幸せを願っていた。

それを思い出し、余計に涙をこぼす私の頭を、ルシアン様が胸に引き寄せてくれる。

刹那、母の温もりを思い出し、私は彼にすがりついて号泣してしまう。

ルシアン様はそんな私の背中に腕を回してぎゅっと抱き締めると、涙がおさまるまでずっとその状態でいてくれる。

さらに時間の許す限りそばに付き添ってくれた後、別れ際に、こう言って力づけてくれた。

「カリーナ、そばにいなくても、お母さんはいつも天から君を見守っている——どうかそのことを忘れないで」

私にとって、今でもその出会いの記憶、貰（もら）った優しさと言葉は、大切な宝物になっている。

そして、夢のように現れ、悲しみと孤独を癒やしてくれたルシアン様は、初恋の王子様だった。

以来、残念ながら顔を合わせる機会はなかったものの密かに彼との再会を夢見てきた。

王立学園に入学できれば二歳年上の彼と再会できると、十五になる日を心待ちにしていたのだ。

——ところが半年前、夢見る期間は唐突に終わりを迎える。

「喜びなさいカリーナ、あなたとオリバー殿下との婚約が決まったわ」

義母にそう告げられた瞬間、私はすぐに現実のことだと呑み込めなかった。

「……私が……婚約……？」

「そうよ、なんとこの国の第二王子とね。遠い昔にたった一度、聖女を輩出しただけの血筋が役に立ったわね」

母方の家系――ファロ家は、はるか昔イクス神殿を建立したという偉大なる祭司の一族。

かつてその権勢は「イクス教」が広まると共に増してゆき、最盛期には王をも凌ぐ力を持っていた。そう城の図書室にある歴史書には記されていた。

しかし子孫に恵まれず衰退してゆき、今では義母に限らず多くの者にとって「聖女の出身家系」程度の認識になっている。

「ああ、思い出すわ。十六年前、そのありがたい血を欲した公爵家によって、愛し合っていたあなたのお父様との仲を引き裂かれたことを……その後、四十も年上の老伯爵に嫁がされた私と違い、カリーナ、あなたはなんて幸運なのでしょう」

恨み言まじりに義母はそう言ったが、私にとってそれは嬉しいどころか「初恋の終わり」を意味する、辛い知らせだった。

婚約者がいる身で他の男性を慕い続けるなど許されない。

そう思った私はその日、ルシアン様への恋心を断ち切る決心をした。

でも、どうしてもうまくいかない。

いくら考えないようにしても、ルシアン様のことばかり頭に浮かんでしまう。

婚約話を聞かされただけで、こんなにも心が乱される。

依然、私の中でルシアン様への想いは大きいままだった。

でもそれは考えてみれば仕方のないこと。

私にとってルシアン様の存在だけが、長く心の支えだったのだから。

この八年間、周囲からの酷い仕打ちに耐えられたのもルシアン様のおかげだった。

＊＊＊

辛い記憶が蘇ると共に、はっと物思いから覚め、私は急ぎ自室に戻る。

そして中に入るなり扉に鍵をかけ、真っ先に部屋を留守にしたときの習慣——壁の鏡板を一枚はがして奥に隠してある母の形見の無事を確認した。

それは渦巻く波をかたどった凝った細工の銀の髪留め。

たった一つだけ残された私の宝物だった。

他の大切なものは、義母やリリアの命令を受けたメイドによって全部奪われている。

ベッドの下に隠そうと、服の下に身につけていようと気づかれ、それで終わりだった。

そのトラウマから、これだけは守りたくて、決して持ち歩かず、慎重に部屋に隠すようにしている。

髪留めを見てほっとした私は、ようやくけばけばしいドレスを脱ぎさり、室内にいるときの定番の格好――シュミーズ姿になった。

私が持っている服はすべて義母に押し付けられた悪趣味なものなので、下着でいるほうがましなのだ。

室内にある調度品に関しても一見数多く豪華だが、物置代わりに使わなくなったものを詰め込まれているだけ。

だから、いっさい未練はなく、ほぼ身一つでここから出ていける。

家具は王立学園の寮に備(そな)え付けのもので充分だし、服も制服があるのでほとんどいらない。

問題があるとしたら物より、私自身の知識や経験不足だろう。

それでも新生活への不安より、期待のほうが圧倒的に上回っていた。

母を亡くして以来ずっと人の温(ぬく)もりに餓(う)えていた私にとって、新しい環境で一から人間関係を築けることが特に嬉しい。

入学までの日数を指折り数え、期待に胸を膨らませる。

――学園に入ったら、お母様の願いを叶えるためにも、たくさん友達ができるように頑張ろう。

「できれば、お互いをわかり合えて、心が通じるような相手と出会えるといいな」

一番の願いを口にしながら、やはり脳裏に浮かんだのは、幼い私の悲しみに寄り添ってくれたルシアン様の顔だった。

あの日貰（もら）った優しさと言葉に、これまでどんなに救われ、励まされてきたか。

たとえ恋心は明かせなくても、いつかそのことだけはルシアン様に伝えられるといいなと願った。

第一章　学園生活の幕開け

待ちに待った王立学園への移動は、入学式の前日。

リリアやメイド達が乗用馬車なのに対し、私は幌付きの荷馬車に乗せられての出発となった。

それでも、生まれて初めての外の世界と旅は新鮮で楽しく、リリアの衣装箱や家具に囲まれての窮屈な長時間移動も苦にならない。

これまで領地の城の中庭しか外に出たことがなかった私は、後ろを流れていく景色を見ているだけでも飽きなかった。

ただ、昼過ぎに出たので王都に入る前に日が落ちたことが寂しい。

目的地である王立学園の高い鉄柵門に囲まれた広大な敷地に入ったのは、辺りがすっかり夜闇に包まれた頃だった。

旅行鞄を持って寮の前に降り立った私は、期待に胸を高鳴らせながら、ついに新居に足を踏み入れる。

——そして、そこでさっそく厳しい現実を突きつけられた。

待ちかねていたように玄関ホールに並んでリリアを出迎えるたくさんの令嬢達。彼女達から冷ややかな眼差しと聞こえよがしの噂話を向けられる。

「リリアさん！　良かった。到着が遅かったので心配しておりましたわ」

「ええ、また新しい怪我を負わされたのではないかと」

「ねえ、その方が例のあなたをいじめる底意地の悪いお姉様？」

「聖女の血筋が聞いて呆れるわ。虚言癖に癇癪と暴力だなんて最低ね」

建物に入ったとたん令嬢達からいきなり中傷された私は衝撃を受けて固まった。

底意地が悪いのも虚言癖があるのもリリアのほうだし、暴力なんて私は一度もふるったことはない。

わざと怪我して私にやられたふりをするのはリリアの常套手段。入寮がぎりぎりになったのも、私と違って持ち物が膨大なのに荷造りしないで遊び回っていたリリアのせいだった。

呆気に取られて言葉も出ない私をよそに、リリアは「私はなんともありませんわ。心配かけてごめんなさい」と、寄せられた声をいったん受け止めた上で、得意のけなげな演技で皆に訴える。

「でも、どうかお願い！　カリーナお姉様のことを悪く言わないで。いつも説明しているようにお姉様にそうさせてしまう、欠点が多く未熟な私が悪いの！」

「いいえ、いいえ、リリアさん！　お話を聞いても、あなたに一片たりとも非があるとは思えませんわ」

「そうよ。どれについてもあなたのお姉様の仕打ちは、理不尽極まりないもの」

「とにかくこれからは、私達がそばについてお守りしますからね」

「ええ、お任せになって」

そう宣言した瞬間から令嬢達はリリアを取り囲み、牽制するように私を睨んで移動していった。

一人取り残された私はといえば、玄関扉を背に呆然と立ち尽くすばかり。

自分の置かれている状況を思い知らされると同時に、今まで呑気に浮かれていたことが急に恥ずかしくなった。

少し考えればわかることだったのに。

頻繁に社交の場に出かけ交友を広げていたリリアには、学園にも知人や友人といった味方が多くいて当然。

そして今までのやり口からして、事前に私を貶める印象操作——虚言と演技を交えた周囲への根回しをしていないほうがおかしい。

つまり私は入学前からリリアによって多くの敵を作られ、孤立していたのだ。

精神的なダメージのあまりその晩は夕食を取り損ね、空腹も手伝って最悪な気分で迎えた翌朝。

入学式に出るために制服を着た私は、重い足取りで朝食を取るために食堂へ向かった。

しかし、入寮時に渡された館内図を頼りに迷いながら着いたそこには、なぜか生徒の姿がない。

場所か時間を間違ったのかと焦(あせ)りつつ、おずおずとカウンターごしに調理場へ声をかける。

「あの、朝食をお願いできますか？」

すると、食事が載ったトレーを差し出しながら、調理人が不思議そうな目で見てきた。

「あの、どうかしましたか？」

「いえ、生徒さん自ら食事を取りに来るのは珍しいのと、皆さん朝は忙しいので部屋で食べる方がほとんどだから」

どうやら私以外の寮生には皆使用人がついているらしい。

それも道理で、王立学園は貴族学校だけあり、生徒一人につき世話係を一人だけ寮へ連れてくることが許されていた。

とはいえ、私は子供の頃以来お付きのメイドのいない生活を送ってきたので、自分のことは何でも一人できる。

逆に、常に入念に着飾っているリリアは、複数の手伝いの者なしには支度ができない。

だから公爵家から二名メイドが同行していたが、両方ともリリアについていた。

でも、それについては不満に思うどころか願ったり。

今まで散々痛い目に遭わされてきたので、義母の下僕であるメイドが近くにいると、私は全く気が休まらない。

食事にしても配膳なんかより寛げるほうが重要。一人で食べるのにも慣れている。

私はさっさと朝食を済ませた。

それより問題なのは、学園に来たばかりで右も左もわからない状態なのに、頼れる相手が一人もいないこと。

どうもリリアのせいで、すでに私の悪評がかなり広まっているらしい。

昨夜、遅れて対応に出てきた寮監の先生も、部屋まで案内してくれた寮監生の先輩も、私に対して極めて塩対応。とても質問や相談ができる雰囲気ではなかった。

幸い、登校については、王立学園の校舎がお城のような外観で寮からでも目印の高い尖塔が見えたので、一人でも迷わずに済む。

ただし向かう途中ですでに、周りから遠巻きに見られている感じがした。

気のせいだと思いたくても、学園へ到着し、人でごった返した玄関ホールに入ったとたん、いっせいに視線が集まり、さっと近くから人波が引く。

あきらかに悪い意味で注目され、皆から敬遠されている。

その状態は入学式が始まるまでの待機場所である教室でも同じ。

あちこちから視線を感じるのに、誰も目を合わせようとしてくれない。

唯一の救いは家の序列で分けられる寮と違って、クラスがリリアと違うこと。

しかし、クラスメイトの中に昨日寮の玄関ホールで見た顔が二つあって、待ち時間の間、彼女らを中心に複数の生徒が輪になり、こちらを見ては何やら話していた。

内容は聞こえなくても昨日の経験から察せられる。

それこそ初対面の名前すら知らない多くの人達から、すでに誤解されて引かれているという辛(つら)い現状。

これでは友達を作る以前の問題で、ましてや『皆に愛される』という母の願いを叶えることなど絶望的に思える。

期待したぶん落胆は大きく、すっかり肩を落として参加した入学式。

高い円天井の大聖堂のようなホールで、大勢の新入生仲間と一緒に整列しながらも、私の心は領地にいた頃のような孤独感に包まれていた。

ここでも私は一人ぼっちで、周りから腫れ物扱いされるのか……

そう思うと、学園長の話を聞きながら、無性に泣きたくなった。

——ところが、そんな暗く沈んだ気持ちは、次の生徒会長の挨拶の段になって一変する。

なぜなら学園長と入れ替わり、まばゆい金髪を靡かせながら壇上に現れたのが、ずっと再会を夢見てきたルシアン様だったのだから。

彼が皆の前に立ってこちらを見下ろした瞬間、圧倒的な美貌と存在感から放たれるオーラにより、会場内の空気がすっと変わった気がした。

私は思わず呼吸も忘れ、すっかり成長したルシアン様の凛々しいお姿に見入る。

離れた位置からでもわかる気品を増した端麗な顔に、均整の取れた長身の体躯。

会場を見下ろす水色の瞳からは、かつては感じられなかった強い意志力が伝わってきた。

久しぶりに会えた感動と懐かしさで胸が熱くなり、冒頭の挨拶が全く耳に入らない。

幼い日のように彼に見惚れる私の前で、王太子であるルシアン様は、将来の王に相応しい自信に満ちた態度で演説する。

「――このイクシード王立学園は歴史が長く、数百年前、国の特権階級である王族や貴族の子女を教育する機関として設立された。特権には必ず義務が伴う。ゆえに、それを果たせる力量と器が必要だ。この学園ではそれを身につけて育てるための最高の教育を受けることができる――とはいえ、当然ながら、学ぼうとする姿勢が必要だ……どうか新入生の皆さんには、学園生活を送る上で常に身分に相応しい高い意識と誇りを持ち、学業や武芸を修めることはもちろん、その器となるべき人格も磨いてほしい。この栄えあるイクシード王国の未来は、皆さんの肩にかかっているのだから」

ルシアン様から贈られた激励の言葉に、私はかつてのように目が覚める思いがした。

――そうだ。学園は友達を作りに通うところではなく、自分を成長させる学びの場なんだ。

いきなりリリアによって孤立させられ、公爵家にいた頃と何も変わらないと思っていたけれど、全然違う。

ルシアン様がおっしゃるように、ここでは最高水準の教育を受けられる。

今は何も持っていない無価値な私でも、知識や技術を学ぶことで、国や人のために役立つ能力が得られるだろう。もしかしたら将来、ルシアン様のお役にも立てるかもしれない。

何よりこうしてルシアン様と同じ空間にいられ、遠くからだとしてもお姿を目にする機会が得られる。

改めて学園へ来られて良かったと、感動の思いでルシアン様を見上げていたとき、話しながら会場を見回していた彼と目が合った。

瞬間、また呼吸を忘れ、時が止まった気がした。

そのまま水色の瞳から目が外せなくなり、動けないでいると、ルシアン様が先に、はっとしたように視線を逸らす。

もちろん距離が離れているし、私の気のせいというか、願望が見せた錯覚だと思う。

それでもその後、もう一度確認するように見られたときには、感激で全身の血が沸騰しそうになる。

そうして熱くときめいた胸を抱え、ルシアン様を見つめながら、私は考えずにいられなかった。

好きになってほしいなんて贅沢は望まない。でもせめて嫌われたくない。

きっとルシアン様も婚約者候補のリリアか弟のオリバー殿下、あるいはその両方から、私の悪い情報を聞かされているはず。

でも、もしそうだとしても、ルシアン様の誤解だけはどうしても解きたい。

少なくともこの八年間、私はルシアン様の励ましの言葉を胸に、天から見守ってくれている母に恥じぬよう、その教えを守って生きてきた。

憎しみや恨みで心を濁さないように、義母やリリアに攻撃されても仕返しなど考えず。母の教えを守り、毎日イクス神への感謝と祈りを忘れず、常に人として正しくあろうと、父になじられても根気良く真実を訴え続けてきた。

何より、イクス神への感謝の心を決して忘れず、この八年間ひたすら祈りの日々を送ってきた。

＊　＊　＊

その日の昼休みも私は一人で過ごしていた。

寮や学園はもちろん、クラスでも相変わらず皆に避けられており、誤解を解く機会がなく、孤立したまま。

心の慰め（なぐさ）を得ようにも、上級生とは校舎が別棟だからか、入学式以来、ルシアン様を見かけることもなかった。

そんな私にも心癒やされる場所がある。

水の女神を信仰するイクシード王国だけあり、学園の敷地内は水で溢れかえっているのだ。

噴水や壁滝、水盤、池など、水のある場所が多く、生まれ育った領地の城の中庭には水場がなかった私にとって嬉しかった。

中でも特に生徒達に人気の憩いの場となっているのは、中庭にある巨大なイクス神像が中央に設置された縁が円形の噴水。

ただし、そこは人が多く集まっているので、周囲から白い目で見られている私には落ち着かない。

一方、リリアは顔が広く、男女問わず人気者らしい。

見かけるたびに複数人に囲まれていて、その中には男子生徒も多かった。

憂鬱なことにリリアの友人達は皆私を敵視しているらしい。通りがかりに色んな生徒から睨まれる。

そういった理由で、なるべく人目につかない場所がないかと探して見つけたのが、この聖女像と水盤が置かれた裏庭。

ここは校舎の陰になって日当たりが悪く、じめじめしているせいか常に人がいない。

本日も私一人の貸し切り状態だった。

私は水盤の正面にあるベンチに腰かけ、膝の上に敷いたランチョンマットに購買で買ったパンと水の入った水筒を並べる。

公爵家からの仕送りは極めて少なく、学食で昼食を取る金銭的な余裕はない。初日に下見に行ったときは、料理の値段の高さを見てびっくりした。

幸い、購買で売っているパンはそれほど高額ではなく、計算したところ毎日一個ずつ買えて、少しお釣りが出る。

飲み物に関しては買う余裕はなかったものの、朝食のついでに食堂で水筒に水を入れてもらうことができた。

なくなれば学園の水汲み場で足すことができるので、不自由はない。

栄養についても、朝晩寮で食事が出るので、公爵家にいた頃より総合的に取れていた。

「イクス神様、今日もお恵みをありがとうございます」

私は今日も心から感謝をこめて、食前のお祈りをする。

それからパンを細かくちぎり味わって食べながら、正面にある聖女像を眺めた。

青銅製の聖女セリーナ像は伝説の一つを再現し、水盤に手をかざすポーズを取っている。

母にそっくりなその面差しを見つめ、私はメイドに勝手に処分されるまで繰り返し読んでいたお気に入りの本『聖女セリーナ伝』の内容を思い起こす。

それによると、聖女の能力は生まれつきのものではなく、イクス神が相応しいと思った乙女を選んで加護を与えることによって出現するらしい。

もちろん聖女セリーナもその例外ではない。

当時、大陸には長い干ばつが続いており、作物の不作による飢饉と疫病が蔓延し、食料を巡る争いが絶えなかったという。

イクシード王国も例外ではなく、貧しさと飢えで人心が乱れ、国内の治安は悪化、宮廷内でも毒殺が横行し、神への信仰は地に落ちていた。

聖女セリーナも戦乱に巻き込まれ早くに両親を亡くし、頼るべき叔父である大神官も毒殺される。

それでも彼女は決して神への信仰を忘れなかった。

神殿地所内にあるイクス神像が設置された『祈りの泉』の前で、来る日も来る日も雨乞いした。時には自分のぶんの食料さえも他人に差し出し、何日も水しか飲んでいない状態であっても。

そしてついにある日、彼女は願いが聞き届けられるように泉が輝き出し、そこから生まれた光が天上に向かって立ち昇っていくのを見た。

やがてその光が天に到達すると、雨雲が起こり、念願の雨が降り始める。

これが聖女セリーナが行った最初の奇跡であり、神の加護を得たと判明した瞬間でもあった。

以降、彼女は次々と奇跡の御業を行い、水不足だけではなく、水鏡を使った未来予知と過去見によってあらゆる問題を解決する。

そうやってこのフレンシア大陸に長きに亘る平和をもたらしたという。

まさに義母がいつか言ったように、三百年前たった一人だけ一族に現れた奇跡の存在。

そんな偉大な先祖の伝説に思いを馳せているうちに、先日言われた『聖女の血筋が聞いて呆れるわ』という言葉が蘇り、私は彼女の子孫として不甲斐ない気持ちになった。

思わず食事の手が止まり、暗い気持ちで聖女像を見つめる。

「ここにいたのか、カリーナ。捜したぞ！」

不意に大声がして、鼓動が大きく跳ねた。

恐る恐る目を向けると、赤毛を靡かせ大股で歩いてくるオリバー殿下の姿が見える。

それを確認した私は、悪い予感に襲われた。これまで彼が私に会いに来るときは、必ず文句を言うためだったから。

内心でリリアの差し金かと疑い、警戒しながら尋ねる。

「……オリバー殿下……私に何かご用でしょうか……？」

すると殿下は不満げにふんと鼻を鳴らした。

「用事がないと会いに来ては駄目なのか？　俺はお前の婚約者なのだぞ？」

「そんなことはありませんが……」

一応否定はしてみたものの、たとえ婚約者であっても会うたびに怒っているオリバー殿下は苦手だった。

兄弟だけあって体格と顔立ちはルシアン様と似ていても、性格は真逆に近い印象だ。

オリバー殿下は地面を踏み鳴らして近くまで来ると、ねめつけるような眼差しで私を見下ろした。

「まあ、正直言うと、優しいリリアに、お前が毎日一人で寂しそうだから構ってあげてほしい、とお願いされて来たのだがな」

遅れて理由を説明しながら、いやらしい感じに唇を舐め上げる。

異様にニヤついた青い瞳を見返しつつ、私は蛇に睨まれた蛙のような緊張感を覚えた。

「それは、お気遣いありがとうございます――ですが殿下、私は一人でいるほうが落ち着きますし、好きなので、どうかお構いなきよう願います」

できるだけ丁重にお断りする。

しかしオリバー殿下はその言葉を無視して言う。

「もちろんその前にお前をじっくりしつける必要があることはわかっている」

「しつけ……ですか？」

発言者の品性と人格を疑うような表現だった。

怪訝に思って問う私に、彼は口元に下卑た笑いを浮かべ、いかにも愉快そうに答える。

「ああ、そうだ。従順さと可愛げというものをこれから時間をかけ、じっくりお前に教え込むつもりだ」

勝手な宣言に思わず背筋がぞわっとした。

私は身をこわばらせて抗議する。

「私は、犬や猫ではありません！」

「ほらほら、カリーナ、そういうところだ」

指摘するように言って、オリバー殿下が手を伸ばしてくる。

「きゃっ……」

いきなり肩を掴まれそうになった私は、反射的にベンチを立って避けた。

ところが、長い髪の端を掴まれてしまう。

「……うっ……!?」

痛みにうめく私の髪を拳に巻きつけ、オリバー殿下は強引に引き寄せる。

「お前のこの絹糸みたいに艶々した髪も、人形じみたお綺麗な顔も悪くはない。つまり問題はその腐った性根と生意気な性格だけだ。婚約者として意地でも矯正してやろうじゃないか」

「痛いっ、離してください！」

悲鳴まじりに懇願しても、逆に手の力をこめ、無理やり私をベンチに引き戻す。

そして「座れ！」と怒鳴りつけ、肩を掴んで上から押さえつけると、彼はドン、と勢い良くベンチの背もたれに両手をついた。

男性の大きな両腕と身体で囲い込まれた私は、突然の癇癪と暴力への混乱もあいまって固まる。

オリバー殿下は、そんな私の鼻先に突きつけるようにぐいっと顔を寄せ、苛立った様子で叫ぶ。

「いいか、カリーナ。お前には俺に気に入られるように努力する義務がある。なぜならお前から望んだ俺との婚約なのだからな！」

婚約パーティーの件でオリバー殿下に苦情を言われた際に知ったが、なぜかそういう話──私が彼を見初めて婚約を希望したことになっているらしい。

でも、母が生きていた頃、つまり生まれたときから外出をいっさい禁じられていた私は、それが彼と初対面。

有り得ないと何度も説明したのに、先月の誕生会の件と同様、義母とリリアの演技によって逆に嘘つき呼ばわりされた。

「……以前も申し上げましたが、私はあなたとの婚約など──」

希望したことなどございません……と言い終わる前に、大きな手でパシン、と頬を引っぱたかれる。

「きゃっ！」

瞬間、痛みより衝撃で勝手に目に涙が滲んだ。

私は頬を押さえ、信じられない思いでオリバー殿下の顔を見上げる。

「……何を、するんですか……!?」

「まずは口答えしたらどうなるか、わからせてやらないとな」

「暴力なんて最低だわ！」

非難するとすかさずまた手が伸び、逆の頬を激しくぶたれる。

「……っ!?」

今度はバチン、という先ほどより鈍い音が響き、ぶたれた箇所から焼けるような痛みが広がった。

どうやら言い返すたびに頬を打つ気らしい。

そう悟った私が無言で震えていると、オリバー殿下は盛大な溜め息をついた。

「なあ、カリーナ、わかってくれ。俺だってできればこんな方法は取りたくない。でもリリアが強情なお前には口で言っても無駄だと、親切に教えてくれたのだ」

「リリアが……？」

「ああ、そうなると、身体に教え込むしか手段がないだろう？　だからこれは仕方がない行為なんだ」

あくまでもリリアの助言に従っただけで「自分は悪くない」と主張したいらしい。

呆れた言い草に私は言葉を失う。

たとえリリアにそそのかされたのだとしても、暴力行為を他人のせいにして正当化するなんて人間性が最低すぎる。

――こんな性根の腐った人が私の婚約者だなんて。

込み上げてくる激しい嫌悪感と共に、私の中で一つの記憶が蘇る。

『お母様はお父様が嫌いだから毎日喧嘩しているの？』

幼かった私がある日尋ねると、母はきっぱりと答えた。

『いいえ、カリーナ。決してそうじゃないわ。自ら望んだ結婚でなかったとしても、縁あって夫婦になったんだもの。お父様に良くなってほしいと思えばこそ、厳しいことを言っているの。私だってできれば無用な争いはしたくない。お父様が間違っていても口を閉ざし、逆らわず大人しく従っていれば争いにならず、丸くおさまることもわかっている。でも、それは決して相手のためにならないことよ……何より私は聖女セリーナのように、いつでもどんな状況でも、正しいことは正しい、間違ったことは間違っていると、勇気をもって言える人間でありたいの』

暴力の有無はあれど、まさに私が今置かれている状況は母と同じではないか……

母は人として軽蔑に値する父を最期まで根気良く諭し続けていた。

あの日、母が言ったように、逆らわなければ、口を閉ざしていれば、争いにならず、暴力もふるわれない。

でもオリバー殿下は間違っている。

私は勇気をふるって毅然と顔を上げ、震える喉から声を絞り出した。

「……ぶちたいなら何度でもどうぞ、暴力で人の心は支配できません」

覚悟を決めて言い切ると、オリバー殿下は逆上するどころかニッと笑い、自分の襟元を緩め始める。

「ふん、何も身体に教えるというのは、暴力に限った話ではない」

遅れてその発言の意味を察した私は、慌ててその場から離れようとした。

ところが、阻むようにバッと前側から抱きつかれ、そのまま芝生の上に押し倒される。

「いやっ！」

必死に起き上がろうとしたものの、肩を押さえつけられ、腹の上に馬乗りになられてしまう。

オリバー殿下は跨った状態で私の襟に手を伸ばし、性急な手付きでボタンを外すと、ぐいっとブラウスの前を開いた。

「きゃっ」

胸元をはだけられた私は、生まれて初めて男性に下着を見られた羞恥心と恐怖で視界が赤くなる。

このままでは力ずくで純潔を奪われてしまう。

瞬間的にそう悟ると同時に、こんな男に汚されるくらいなら、舌を噛んで死んだほうがましだと思った。

しかし、いくら死にものぐるいで身をよじり手足を動かそうとも、大柄なオリバー殿下の身体の下から抜け出ることは叶わない。

「誰か、助けて！」

「静かにしろ」

「んぐっ……！」

挙げ句、助けを呼ぼうとした口を大きな手で塞がれ、絶望に目の前がまっ暗になった——まさにそのときだった。

「いったいそこで何をしている？」

凛とした声が裏庭に響き、誰かが駆け寄ってくる気配がする。

なんとか首を動かし確認した私の視界に映ったのは、まばゆい金髪を靡かせる際立った長身の男性——ルシアン様の姿だった。

オリバー殿下はびくっと動きを止め、ぎょっとしたような目をそちらに向けて叫ぶ。

「兄さん……！」

「カリーナ嬢から離れろ！」

走りながら状況を判断したらしいルシアン様が、鋭く怒鳴りつけた。

オリバー殿下があたふたした様子で苦しまぎれの言い訳をする。

「待ってくれ、兄さん、勘違いしないでほしい。これは単なる婚約者同士のじゃれあいであって……」

口を手で塞がれている私は否定の意思を示すために「うーっ、うーっ」と唸り、激しくもがいてみせた。

「とにかく、離れろ！」

「わかったよ」

目前に迫る兄の剣幕に気圧され、オリバー殿下が慌てて立つ。

ようやく口が自由になった私は、間髪容れずに叫んだ。

「オリバー殿下が、襲ってきたんです！」

「ごっ、誤解だ。兄さん、カリーナの奴から誘ってきたんだ。こいつの性質の悪さは兄さんも耳にしているだろう？」

焦って弁解するオリバー殿下を無視して、ルシアン様はさっと膝を落とし、私を優しく助け起こしてくれる。

「大丈夫か？　頬が赤い」

それからキッとした目を向けて問う。

「お前がやったのか、オリバー？」

さすがに誤魔化しきれないと思ったのか、オリバー殿下はとっさに嘘をついた。

「カリーナが俺を侮辱するから、ついカッとなって……」

ルシアン様が美しい眉根を寄せ、はーっと長い溜め息をつく。

「オリバー、貴様、王族としての恥を知れ！　この状況でどんな言い訳も通用するものか！　男としても女性に暴力をふるうなど絶対に許されないことだ。ましてや欲望にまかせて襲うなど、極刑に値する！」

「極刑！」

オリバー殿下は裏返った声で叫び、言い募る。

「兄さん、信じてくれ。俺は断じてカリーナを襲ってなどいない。だって、俺達は婚約者でいずれ結婚するのに、どこにそんな必要がある？　そうだ、こいつが俺を煽って、わざと怒らせたのも、誘ったくせに襲われたふりをするのも、全部こうして俺を罠にはめるためだったんだ！」

そして、いかにも今気づいたというように、ポンと手のひらに拳を打ち付けた。

自己正当化もここまでくると見苦しい。

私は呆れて言葉も出なかった。

ルシアン様がうんざりしたように叫ぶ。

「もう黙れ、オリバー！　そこまでで充分だ――後の詳しい話はカリーナ嬢から聞こう」

「待ってくれ兄さん、カリーナから話を聞く必要なんてない！　そいつには虚言癖がある！　デッカー公爵夫妻も妹のリリアも、家族皆がそう言っている」

「いいからもうどっかに行け！」

「わかった、わかった」

ルシアン様の怒りの声に、オリバー殿下は諦めたように両手を上げ、逃げるように退散していった。


ようやくルシアン様と裏庭で二人きりになり、私は遅まきながらお礼を言った。

「助けてくださってありがとうございました。ルシアン殿下」

しかし、ルシアン様はなぜかこちらを見ないように顔を背けている。

「まずは胸元を直してくれ」

指摘された私は、恥ずかしさに頬を熱くして再びしゃがみ込み、ブラウスの前を閉じた。

「……直しました」

報告すると、ルシアン様は振り返って確認してくる。

「怪我はないか？」

「はい、たぶん」

曖昧な返事をする私に、彼は観察するみたいに真剣な眼差しを向けた。

「膝から血が出ている。医務室へ行こう」

「大丈夫、軽い擦り傷です」

「駄目だ。さあ――」

ルシアン様は有無を言わさぬ口調で言って手を掴み、いつかのように引き上げるように私を立たせてくれる。

とたん、懐かしい温もりに鼓動が激しく高鳴った。

ときめく私の気持ちも知らず静かに呟き、彼はそのまま手を引いて歩き始める。

「頬も冷やしたほうがいいな」

そんなルシアン様を強く意識しながら、私はといえばもう胸がいっぱいで、移動中ずっと話しかけることができなかった。

もちろん、危機に駆けつけてくれたことや、こうして間近で会えたことも感激している。

けれど何より、ルシアン様は迷わず私の名前を呼んでくれた。

八年前たった一度会っただけなのに、覚えていてくれたことが嬉しくてたまらない。

頬を腫らした私を気遣ってか、ルシアン様は人気のない経路を通り、誰とも会わずに医務室に到着する。

「誰もいないようだな。普段は校医が詰めているのだが――ちょうどいいので、ここで話を聞かせてもらおう」

ルシアン様は私に椅子をすすめた後、歩き回って、次々に戸棚や引き出しを開けては薬品と布を取り出していく。

私はその間、夢心地でぼうっと、その姿を眺めた。

オリバー殿下に襲われたショックか、はたまたルシアン様に再会できたからか。心臓がうるさいままで、なんだか息苦しい。

「さあ、これで頬を冷やして」

濡らした布を私に手渡し、ルシアン様は近くに椅子を寄せて座った。

それから私の膝を手当てしながら謝ってくる。

「先ほどは弟が申し訳なかった。謝って済むものでもないが」

「そんな、ルシアン殿下に謝っていただく必要なんてありません」

「いや、兄としても同じ王族としても、僕には責任がある。暴力も無体なことも二度とさせない。そう約束した上で、何があったか詳しく聞かせてもらっていいか？　もちろんまだ話すのが辛いなら、後日改めてでもいいが……」

「いえ、大丈夫です！」

力をこめて返事し、私は今日裏庭で起こったことをありのまま、順を追って話して聞かせた。

他の生徒達同様、私への悪い噂を聞かされているはずのルシアン様が、間違ってもオリバー殿下の無茶な言い分を信じないよう、真剣に。

私が説明を終えると、ルシアン様は確認するように尋ねる。

「では君は、リリアがオリバーをそそのかしたと言うんだね？」

たとえ、王太子の婚約者候補であるリリアの足を引っ張ることになっても、真実は真実だ。

「はい、オリバー殿下自身が、リリアからそうするようにすすめられたと言っていましたし、これまでずっとそうでしたから。リリアは計算高く嘘が得意で、私は幼い頃からずっと同じような被害を受けてきました」

「……そうか……」

重く頷いた後、彼は麗しい顔に憂いを浮かべて嘆息した。

「信じてくれますか？」

不安な気持ちで聞いた私に、率直に答える。

「正直に言うと、僕には君と弟のどちらの言い分を信じるべきか、判断がつかない。弟は母に特別甘やかされて育ったせいか、幼い頃から自分の思い通りにならないと癇癪を起こす癖がある――そしてカリーナ、君も……」

「私ですか？」

学園に出回っている悪評のことだろうか？

「ああ、デッカー公爵の口から、娘の君を溺愛して甘やかしすぎたことを後悔していると、何度か聞かされたことがある」

私は思わず自分の耳を疑う。

「父が……私を……溺愛？」

本気で言葉の意味が理解できなかった。

「そうだ。幼い頃に母親を亡くした君が不憫で、つい、我儘放題させてしまった、と」

「そんなことを、父が……!?」

外面がいいことは知っていたが、まさかそんな娘に甘い父親を演じていたなんて。私は衝撃を受けて息を呑む。

「ああ。そのせいでリリアに無用な我慢を強いてしまったとも言っていた」

その言葉に激しくかぶりを振った。

「ルシアン殿下、それでは話が真逆です！　父はリリアを溺愛し、私のことを嫌っています！」

ただ信じてほしい一心で声を張り上げる。

「……だが、デッカー公爵だけではなく、夫人もリリアも皆、同じことを言っていた。君一人が嘘をついているのか、君以外の全員が嘘をついているのかという話なら、やはり前者に思える。何より血の繋がらない公爵夫人とリリアはわかるが、デッカー公爵にはそのような嘘をつく理由がない」

ルシアン様には、実の娘を嫌い義理の娘を愛する父親がいることが、想像できないのだろう。

それでも私には繰り返し事実を訴えることしかできない。

「私にもなぜ父が義理の娘であるリリアばかりを可愛がって優先するのかわかりません。でも嘘偽り（いつわり）のない真実なんです！」

ルシアン様は金色の長い睫毛（まつげ）を伏せて静かに首を横に振る。

「すまないが、僕には他人の悪口を言う人間の言葉を信じることはできない。カリーナ、君はリリアが計算高く嘘つきだと言うが、僕の前で彼女が君を悪く言ったことなど、ただの一度もないんだ。むしろいつも、妹として家族として、君を庇（かば）う言動をしてきた」

そう、それがリリアのいつものやり口なのだ。

決して他人を悪く言わないし、自分が表立って行動を起こすこともしない。常に表面上は同情的な言動を取りながら、結果的に私が悪く思われるように誘導する。

「悪口なんかじゃありません！　実際にリリアは……！」

なおも言い募ろうとしたとき、私に向けられるルシアン様の水色の瞳に浮かぶ冷たい光――軽蔑の眼差しに気づき、私は続きの言葉が出なくなった。

リリアの本性を伝えれば伝えるほど、家族を罵っていると思われる。

ルシアン様も他の人と同様、私を信じてくれない。口では話を聞くと言いつつ、最初から先入観で私を悪者だと決めつけている。

その事実に気がつき、深い失望が胸を覆ったとき、予鈴が鳴った。

そこでルシアン様が、もう話すべきことはないというように立ち上がる。

「悪いが僕はもう行かねばならない。君の担任には連絡しておくので、落ち着くまでここで休んでいるといい」

言葉こそ優しかったが、硬く冷たい声だった。

私は背中を向けて歩き出す彼の姿を、悲しい気持ちで見つめる。

「きっとルシアン殿下にはわかっていただけないのでしょうね。この世界には想像もつかない悪意や、自分ではどうしようもない、不可抗力の事態があるということを……」

泣くのを堪え、最後にそれだけ言うのがやっとだった。

ルシアン様は扉の前で一瞬立ち止まったものの、振り返らずに医務室を出ていく。

結局、私は自分への誤解を解くどころか、却(かえ)ってルシアン様の信頼を失ってしまった。

その事実がオリバー殿下に襲われたことよりも、ずっとずっとショックで悲しい。

しかも、悪いことはそれだけで終わらなかった。

オリバー殿下は今回の件でかなり私を逆恨みしたらしい。

翌日、廊下ですれ違ったとき、わざと聞こえよがしの大声で「淫乱な女に陥(おとしい)れられた」と、取り巻き達に笑って話していた。

その様子から、どうやら裏庭での一件を脚色した話を吹聴(ふいちょう)して回っているのだとわかる。

——初恋の人には軽蔑(けいべつ)され、婚約者によってますます評判を貶(おとし)められるという、辛(つら)い状況。

私が小さな精霊と出会ったのは、まさにそんなどん底にいるときだった。

第二章　精霊との出会い

裏庭での事件があった五日後の昼休み。

「ねぇ、あの人」

「ああ、リリア様の」

「そういえばオリバー殿下が……」

「信じられないわよね」

今日も周囲からの冷たい視線と陰口に晒されながら、私は生徒で賑わう中庭に来ていた。

オリバー殿下に襲われて以来、人気のないところが怖くなり、教室で昼食を済ませるようにしている。

だから、ここに来たのは純粋にイクス神像に祈るため。

あれからルシアン様と顔を合わせる機会はなかったものの、言われた批判や冷たい眼差しが繰り返し脳裏に蘇ってくる。

加えてオリバー殿下に酷い中傷を流され続け、現在の私の精神状態はこれ以上ないくらい最悪だった。

ルシアン様という心の救いをなくした今の私には最早、神への祈りしか残されていない。

人の邪魔にならない中庭の隅に立ち、悲愴な気持ちで彫像に目を向ける。

噴水の中央の台座に設置された女神イクス像は、左手に手桶を抱えて優しく微笑んでいた。

少し見入ってから両手を組んで目を瞑り、まずはイクス様へ感謝を伝える。それから一心に救いを求めて祈った。

——どうかこれ以上、私の悪い評判が広がりませんように。ほんの少しずつでもいいので、皆の私に対する誤解が解けてゆきますように。

心の中で呟きつつも、ルシアン様の顔がしきりに浮かんで、胸がズキズキする。

——友達がたくさん欲しいなんて贅沢は申しません。でも叶うなら、たった一人でいいので、私のことをわかってくれる存在が現れますように。

ささやかな、それでいて絶望的に思える願いを伝え、ゆっくりと目を開く。

——そのときだ。

視界の片隅。

噴水近くの芝生(しばふ)に咲いている白い小さな花の近くで、チラッ、と光るものが動いた。

一瞬見間違えたのかと思ったが、目の錯覚ではない。凝視すると花陰から漏れる青白い光が確認できる。

私は思わず、ごくっと息を呑む。

あれはもしかしたら、花の精かもしれない。


――それは幼い頃、繰り返し母に読んでもらったお気に入りの絵本の中の存在。心優しい女の子が小さな花の精と出会って友達になる物語。

幼い私はその本の影響で、どこかに花の精がいないかと領地の城の中庭中の花の近くを調べ回ったものだった。

しかし、花壇の花はもちろん、草花まで見て回ったのに、いくら探しても出会えない。

しょげかえった私は母に質問した。

『花の精が現れてくれないのは、わたしが絵本に出てくる女の子みたいにいい子じゃないから？』

『いいえ、絶対にそんなことないわ。カリーナはとっても優しい子だもの。きっと単に、この庭にはいなかっただけよ。カリーナがそのままいい子でいたら、いつかきっと出会えるわ』

そんな母の言葉を思い出し、私は子供の頃のように胸を弾ませる。

ひょっとしたら、イクス神がさっそく私の願いを聞き届け、小さな友達を与えてくれたのかもしれない。

そう思うと、暗く沈んでいた心にぱーっと明るい希望の光が差した。

私は逸る気持ちを抑え、慎重に足を踏み出し、花に近づき始める。

その白い花は噴水から数歩程度。

風向きのせいでちょうど噴水の水飛沫がかかる位置に咲いていた。

花の精を驚かさないようにそっと進み、あえて三歩程度離れた位置でいったん立ち止まる。

そして息を詰めて静かに観察した。

やっぱりいる！

ちょうど花の部分で顔は隠れているけど、青白く発光する透けた身体の一部が見えていた。

喜びに舞い上がりながら、私がさらにもう一歩、足を進めようとしたとき。

「カリーナ」

いきなり後ろから名前を呼ばれ、心臓が口から飛び出しそうになる。

「ここにいたのか、捜したぞ！」

聞き覚えのあるがなり声におずおずと振り返ると、たてがみのような赤毛を靡かせて歩いてくるオリバー殿下の姿が見えた。

とたん、私は緊張で身を固くする。

その見るからに怒りをみなぎらせた表情から、また何か酷いことをされる予感がした。

オリバー殿下は大股でやってくると、青い瞳で威圧的に私を見下ろす。

「カリーナ、お前、兄さんに俺の悪口を言っただろう！」

いきなり全く身に覚えのないことを言われ、私はとまどう。

「いったい何のことでしょう？　あれからルシアン殿下とは一度も話しておりませんが」

怪訝な思いで問いながら、ルシアン様の名前を口にしてまた胸を痛ませた。

「見え透いた嘘をつくな！　俺がお前の下品な悪口を言い回ってるという嘘の話を、兄さんに吹き込んだだろうが！」

「いいえ、そんなことはしておりません」

仮にしていたとしても真実なので嘘ではない。

「とぼけるな！　素直に認めて謝れば許してやるものを」

「やっていないものは、やっていません」

「まだ言うか！」

オリバー殿下は苛立って叫び、勢い良く私の胸をドンッと突き飛ばした。

よりにもよって、白い花が咲いているほうに向かって――

「きゃっ！」

悲鳴を上げて後ろ向きに倒れながら、私は焦る。

いけない。このままでは花を潰してしまう！

とっさに身体を反転させ、どうにか地面に両肘をついて花を庇う。

おかげでお尻で花を潰すのは回避できたものの、どたっと派手な音を立ててその場に倒れ込んでしまった。

次の瞬間、前回ルシアン様から受けた厳重注意を思い出したらしい、オリバー殿下の焦った声が頭上で響く。

「いっ、今のはお前がそうさせたんだ！　決して俺が暴力をふるったわけではないからな！」

相変わらず他人のせいにしている。そんな言い訳を耳にしつつ、私は恐る恐る身体の下を覗き込み、ほっとした。

見たところ花びらにも茎にも葉にも傷ついている様子はなかった。

――良かった、花は無事みたい。

確認して、涙が出そうになる。

絵本に出てくる花の精は宿っている花が枯れると死んでしまうのだ。

ひとまず安心した私は、次に花の横にちょこんと立っている精霊に目を向ける。

まん丸の顔にきょとんとしたつぶらな瞳。

大きな頭に、お腹がぽっこりした胴体、そこから突き出た小さな手足。

絵本の花の精と違って羽はなく、花びらのスカートも穿いていない。

ほぼ裸であることといい、まるで生まれたての赤ちゃんのような見た目だ。

とにかくとても小さくて可愛い。

守れて良かったと心から思うと同時に、私は、はっ、と現実に引き戻された。

私は今、人の多い中庭で、地面に突っ伏した惨めな姿を晒し続けている。

しかも大勢の生徒達が近くに集まってきているらしく、急速に周囲が騒がしくなっていた。

あきらかに見世物になっている状態に、顔を上げるのが怖くなる。

そこに追い打ちをかけるようにオリバー殿下の興奮した大声が響いた。

「いつまで横になっているつもりだ、カリーナ！　どうせ、そうやってまた被害者ぶる気なんだろう。このっ、疫病神がっ！」

理不尽に罵られ、私は息を呑む。

オリバー殿下がさらに地団駄を踏んで続けた。

「もう、いい加減、お前の底意地の悪さにはうんざりだ！　幼い頃から裏でリリアをいじめ抜き、俺を巧みに陥れようとするその腐った性根には、最早つける薬がない！　金輪際、関わるのはごめんだし、何よりお前のような誰もが認める嫌われ者の性悪は、俺の婚約者に相応しくない。カリーナ、貴様との婚約は今日をもって破棄する！」

突然下された婚約破棄宣言と、直後に周囲から起こる嘲笑。

私は口惜しさに歯噛みする。

なぜ私が、人前でここまでの辱めを受けなくてはいけないのか。

いったいこんな仕打ちを受けるような何をしたというのだろう。

疑問に思うと共に泣きそうになり、さらに歯を食いしばった。

オリバー殿下みたいな最低な男に、泣き顔なんて絶対に見せたくない。

そう思って必死に涙を堪えていると、精霊が眉尻を下げた悲しそうな表情で慰めるように私の頬を撫でた。

――とたん、魔法のように涙が引いていく。

私は驚いて精霊を見つめた。

この子は私の気持ちを理解してくれている。

ルシアン様含め、これまで誰一人わかってくれようとしなかったのに。

この子だけは私の味方なんだ。

そう意識した瞬間、不思議なほど勇気と力が身の内から湧いてくる。

おかげで私はようやく地面から身を起こし、敢然と立ち上がれた。

そうして堂々と元婚約者の顔を見据える。

「うんざりしているのはこちらのほうです。私はただの一度たりともリリアをいじめたことなどないし、あなたを陥れようとした覚えもいっさいありません。いい加減、根も葉もないことを言うのは止めてください。ただ、婚約破棄については望むところです。あなたのような男性と結婚しなくて済んで心から嬉しいわ！」

「なっ、なんだと――！」

オリバー殿下は目を剝き、全身をわななかせて顔を真っ赤にした。

「貴様」

再びカッとなって手を出してきたかと思いきや、なぜか途中で引っ込める。

「いったい、何の騒ぎだ」

「に、兄さん」

振り返ると、先日のように駆けつけてきたルシアン様の姿が見えた。

「べっ、別に、何でもない！　少し、こいつに、必要な話をしていただけで……」

しどろもどろに言い訳する弟に対し、ルシアン様が疑わしそうな目を向ける。

「こんなに大勢の人が集まっているのに、何もないことがあるものか！」

まさに正論だった。

そこで、言葉に詰まるオリバー殿下の代わりに、私が笑顔で答えてあげる。

「ルシアン殿下、本当に何でもないんです。ごくごく些細(ささい)な、どうでもいい内容の話し合いをして、それが今終わったところです――ねぇ、オリバー殿下？」

「くっ」

悔しそうに喉を鳴らすオリバー殿下の顔を見て、私は胸がスカッとした。

そうだ、望んでもない縁を向こうから切られたからといって、痛くも痒(かゆ)くもない。それ以前に、こんな下らない人のことなんて気にする価値もない。

そんな私の気持ちに同調しているみたいに、いつの間にか空中に飛び上がっていた精霊が、オリバー殿下の頭上でくるくる回っていた。

「本当に何でもないのか？　またカリーナ嬢に暴力行為をしていたのではないか？」

さらにルシアン様が切れ長の眼を細めてオリバー殿下を追及する。

瞬間、図星をさされたオリバー殿下はびくっと飛び上がり、「悪いっ、急用を思い出した！」と、わざとらしく叫んであたふたと走り去っていく。

集まっていた生徒達もとばっちりを避けてか、潮が引くように離れていった。

——あと、この場に残っている問題は一つだけ。

私は改めて足下の白い花を見下ろしてから、ルシアン様に向き直る。

「ルシアン殿下、申し訳ないのですが、少しの間この花が人に踏まれないように見ていていただけますか？」

「……花を？　別に構わないが」

とまどい気味の返事を貰うと、私は急いで庭師を捜しに駆け出す。

その後ろを小さな精霊も迷わず飛んでついてきた。

どうやら本体の花から離れていても大丈夫みたい。

幸いなことに生徒達と違って庭師のおじいさんは、私を避けていない。見かけるたびに挨拶し合っていた。

ほどなく木陰で昼休憩している彼を発見した私は、植木鉢を一つ譲ってもらい、シャベルを借りて中庭に取って返す。

戻るまでそれなりに時間がかかったのに、ルシアン様は律義に花のそばに立って待ってくれていた。

「お待たせしました、ルシアン様！　見ていてくださってありがとうございます」

私はお礼を言うとさっそく花の前にしゃがみ込んで、作業に入る。

「カリーナ、いったいその花をどうするんだ？」

「はい、ここだと踏まれてしまうかもしれないので、安全な場所に移すんです」

むしろこんなに人が多い場所で、今まで踏まれず、無事だったことが奇跡に思えた。

私は、怪訝な表情のルシアン様に説明しつつ、花の根を傷つけないように慎重に周りの土を掘り進めてゆく。

その様子を精霊も近くに浮かんで見守っていた。

「これでいいわ」

ほどなく無事に植え替え作業を終えた私は、白い花の入った鉢を持ち上げ、思わず笑顔になる。

すると、精霊も嬉しそうに空中を跳ね回った。

そこで先刻から無言のルシアン様の顔を初めて窺ってみる。彼はいかにも不思議そうな目で私を見て固まっていた。

確かに私にとって大切な花でも、他人からしたら単なる野花。この反応は当然なのかもしれない。

少しおかしくなった私は、笑って立ち上がる。そして高揚した気分のまま再度ルシアン様にお礼を言った。

「つきあってくださってありがとうございました。ルシアン殿下のおかげでとても助かりました」

「……いや、いいんだ。こんなことぐらい……」

鈍い返事をしたルシアン様は、水色の瞳を揺らし物言いたげな表情で私をじっと見つめる。

もしかしなくても相当変わった人間だと思われているのかもしれない。

急に恥ずかしくなり、私はその場を立ち去るべく「では、失礼します」と素早くお辞儀する。

校舎の時計塔を見上げると、もう昼休みの残り時間が少ない。私は小走りで移動する。

「……待て、カリーナ、君は……」

呼ばれた気がしたけれど、精霊に会えて興奮していたせいでよく聞こえなかった。

まずはいったんおじいさんのもとへ寄り、私は放課後まで白い花を預かってもらうことにした。

それから教室に戻ろうとすると、当然のようにまた精霊がついてくる。

どうやらずっと私のそばにいてくれるつもりらしい。

午後の授業中、私は改めて精霊の姿を観察した。

全身が青白く光って透けていて、背丈は本体の花とほぼ同じ、私の指の長さより少し高いくらい。

性格は好奇心旺盛かつ陽気。

最初は私の近くで遊んでいたのに、すぐに飽きたようで教室中を飛び回り始めた。

頭の上を行き来していてもクラスメイト達が全く無反応なところを見ると、どうやら私以外には姿が見えないらしい。

それに、残念ながら声は発せないみたいだった。

でもそのぶん表情が豊かで見ていて飽きない。

私は楽しい気分で精霊の姿を目で追いながら、考える。

——とりあえず、名前をつけてあげなくちゃ。

できるだけ素敵な響きがいいと、授業中ずっと悩んだ結果、大好きなお母様の名前『ディーナ』の頭の部分を取って『ディー』と名付けることにした。

「あなたの名前は今日からディーよ」

授業をすべて終えた私は笑顔で精霊に話しかけつつ白い花のもとへ向かった。


北棟校舎の横手にある園芸小屋へ到着すると、植木鉢と一緒に庭師のラルフおじいさんが中で待っていた。

私はお礼を言った後、大事な相談をする。

「それで、この花を絶対に人に踏まれない、場所に植えたいんです」

普段他人と話し慣れていないので、途中で噛んでしまう。

するとラルフさんは、白い髭(ひげ)をひねりながら困り顔になった。

「うーん、難しいですな。人に踏まれないとなると、花壇ということになりますが、学園長が景観にうるさいんですよ。だから、学園の花壇には高級な品種しか植えていないんです。こういう名もないような野花は雑草として、目につく場所に生えていた場合は引き抜いています」

――良かった、抜かれていなくて！

「そっ、そういうことなら、寮の自分の部屋で、このまま鉢植えの状態で世話します！」

私が力をこめて言うと、ラルフさんはいかにも愉快そうに笑った。

「いやあ、こう申し上げては何ですが、この学園の生徒さんにしてはお嬢さんは珍しい方ですな」

「……やっぱり……そう見えます？」

もしや、貴族令嬢としてのしつけをいっさい受けてこなかったので、浮いている？

「いや、いや、悪い意味ではなく、気位の高さがなく、とても話しやすいということです」

確かに上品な言葉は習っていないので使えないし、そういう面では庶民に近いのかもしれない。

「そう言ってもらえると嬉しいです」

「これからも、ぜひ、何かあれば気軽に相談しに来てください」

そう言ってラルフさんは、植物を世話するために必要な水差しと霧吹き（きりふ）きを無償で提供してくれた。

改めて感謝の気持ちを伝えた私は、弾んだ足取りで帰路につく。

「ラルフさんが親切な人で良かった」

周りに人がいないのをいいことに、並んで飛ぶディーに話しかける。

「花の健康を考えて外に植えたほうがいいと思ったんだけど、万一踏まれたり、抜かれたら大変だものね」

ディーは私に答えるように、にこにこしていた。

こうして誰かと一緒に下校するのは初めてだ。

そう思って楽しい気分で並木道を歩いていたとき、突然名を呼ばれる。

「カリーナお姉様」

驚いて見ると、木陰からツインテールのストロベリー・ブロンドを揺らしながらリリアがパッと姿を現した。

「リリア——!?」

反射的に私は身構える。

ディーも警戒するように空中停止して、リリアを睨んだ。

「……珍しいわね、あなたが一人でいるなんて」

学園に入学以来、彼女は常に取り巻きにガードされていて、文句を言いたくても近づくことさえできなかった。

「ええ、今日は妹として、ぜひ一言お姉様を慰めたくて、皆さんには先に帰ってもらいましたの。今日のお昼はごめんなさいね。学食でたくさんの友達と夢中でおしゃべりしていたもので、駆けつけることができませんでした。後からオリバー殿下に婚約破棄された話を聞いて驚きましたわ。なんて、お可哀想なカリーナお姉様！」

「相変わらずの空々しい演技ね。ちょうどいいわ、私もあなたに一言言いたかったの」

「あら、何かしら？」

わざとらしい声を上げたリリアの瞳が、一瞬、私が持つ花を捉える。

ドキッとした私は、警戒して鉢植えをしっかり抱え直した。

子供の頃からリリアに目をつけられた私の持ち物は、必ずその日か翌日になくなるか壊されるかしている。

もちろん、リリアは直接自分の手を汚したりせず、メイドに命じてやらせていた。

過去に味わわされた嫌な思いのぶんもこめて私はリリアに言い放つ。

「お願いだからいい加減止めてちょうだい。嘘の噂を流して私を貶めたり、他人を使って私に嫌がらせをするのは」

「まあ、いったい何のことかしら？　お姉様こそ相変わらず被害妄想がすぎますこと。ルシアン殿下も困惑されていらっしゃったわ」

リリアの口からルシアン殿下の名前を聞いた瞬間、胸がズキッと痛む。

「……よく、言うわね。あなたが嘘を吹き込んだんでしょう！」

苛立(いらだ)ちをこめた私の叫びを無視して、リリアは歌うような口調で言う。

「ねぇ、私とあの方はしょっちゅう二人きりで会っているのよ。とっても信頼されていて、何でも私に話してくださいますの。だからお姉様こそ、もうお止(や)めになったほうがいいわ。何を言っても無駄ですから。ルシアン様はお姉様より私の言葉を信じてくださいますもの」

悲しいけれど、現実はリリアの言う通り。

私はルシアン様との医務室でのやり取りを思い出し、さらに胸が痛んで苦しくなる。

言葉を失う私の前でリリアはますます得意げに語った。

「なにしろ私は、最有力の婚約者候補ですもの。必ずルシアン殿下と結ばれ、将来この国の王妃になるわ。そして一生愛されて、幸せに暮らすの。比べてお姉様はこのまま婚約破棄が成立したら、傷ものとして生涯未婚の、寂しく不幸な人生を送ることになるでしょうね。だって、オリバー殿下に見限られた理由が、性格と素行の悪さなんですもの。貴族社会はとても狭く評判にうるさいから、まず間違いなく二度と縁談なんてこないでしょうね。心から同情の念を禁じ得ないわ」

またしても言い返す言葉が見つからない。

悔しい思いで、私は下唇を噛みしめる。

そのとき、ディーが飛び出して、リリアの顔の前で両腕を振り回した。

その姿を見てはっとする。

そうだ、今の私には一緒になって怒ってくれる友達がいる。

味方がいる。もう一人じゃない。

ディーの存在に勇気を得た私は、深呼吸して口を開いた。

「それならそれで別に構わないわ。尊敬できない相手と結婚して不幸になるより、生涯未婚のほうがずっと幸せよ！」

言いながら母のことを思う。

「それにリリア、あなたこそ幸せになりたいなら、今すぐ心を入れ替えて悔い改めたほうがいいわ。そうしないと、いつか必ず報い(むく)を受けることになる――なぜなら、人の目と違って、天から見ている神の目は決して誤魔化(ごまか)せないのよ」

私の忠告に、初めてリリアは正体を表したように「ふん」と鼻を鳴らして口元を歪め(ゆが)る。

「そんなふうに言えるなんて、本当にお姉様は幸せな人だこと」

毒をこめた眼差し(まなざ)と声で呟く(つぶや)と、すぐにいつものけなげな演技の表情に戻った。

「残念ですわ。私なりに努力しているつもりですのに、まだまだ足りませんのね。わかりました。カリーナお姉様に満足していただけるよう、今後はもっとよりいっそう頑張りますわ」

言外に、これからもっと私に嫌がらせをするつもりだと言っているらしい。

私は一瞬ぞくっとしてから、大きく息を吐く。

「やはりあなたには何を言ったところで無駄みたいね。悪いけど私はもう行くわ」

最後にそう告げて、リリアの脇をすり抜け、振り切るように走り出した。

「うふふ、カリーナお姉様、どうぞ、期待していてくださいね」

背後でリリアが笑い声を上げ、不気味な哄笑が私の後を追うようにしばらく続いていた。


そのまま寮へ走り帰った私は、ひとまず植木鉢を書き物机の上に置くと、脱力してベッドに腰を落とす。

するとディーが目の前に浮きながら、大きな瞳で見つめてきた。

その「大丈夫？」と訊いているような眼差しに、改めて自分を心配してくれる存在ができたことを実感する。

「平気よ。リリアに嫌なことを言われるのは慣れているから」

笑って言ってから付け足す。

「それに、これからはずっとディーがそばにいてくれるもの」

振り返ってみると、今日は公然と婚約破棄されたり、リリアに嫌味を言われて脅されたり、色々嫌なことがあった。

でも、それを上回る嬉しいこと——ずっと欲しかった友達ができた。

それを思えば、今日は生まれてからこれまでの中で一番いい日といえる。

元気になった私は立ち上がり、まずは植木鉢を部屋の中で一番日当たりのいい出窓に移動する。

今まで一度も植物を育てた経験はないものの、この花は宿っている精霊のディーの生命そのもの。世話をする責任は重大だ。

「絶対に枯らさないように大切に育てるからね」

力いっぱい約束すると、さっそくラルフさんから貰った助言を頼りに白い花の世話をする。

水差しで土に水を与えてから、霧吹きでたっぷり葉水をした。そこで今度は自分のお腹が空いてくる。

時計を見るともう食堂が開いている時間だった。

私はいつものように食事を取りに行って、部屋に持ち帰り、書き物机の上にトレーごと置く。

他の備え付けの家具はベッドと壁付けのクローゼットのみ。置ける場所はここだけなのだ。

夕食は朝食と逆で、大抵の生徒が仲の良い友人達と食堂で食べる。

しかし、私は友達がいないのと食堂の席がすべて四人がけで、人が多い夕食時に一人で占領するのは気が引けたので、いつも自室で食べていた。

どっちにしても公爵家にいた頃と変わらない一人の食事。

でも、今夜からは違う。

「今日のメインは魚料理ね。美味しそう」

私はディーに話しかけながら、入学して以来初めて一人きりじゃない楽しい食事をした。

＊＊＊

翌朝。私は目覚めて一番に枕元にいるディーの姿を確認してほっとする。

——良かった夢じゃなかった。

「おはよう、ディー」

笑顔で挨拶しながら晴れやかな気分でベッドから起き上がると、まずは忘れないように白い花のお世話をする。

それから制服に着替え、部屋を飛び出した。

今日もディーは迷わず私の後をついてくる。

その姿を目で確認しながら、もう一人じゃないと思うと、自然に勇気とやる気が湧き、婚約破棄された昨日の今日なのに俄然張り切ってしまう私なのだった。

まずは食堂に一番乗りして朝食を終えた後、まだ早い時間に寮を出る。

そして、いつもの並木道を逸れ、野花の咲いている草地の中を歩く。朝の新鮮な空気を吸い込むと、景色までもがいつもより美しく見えた。

歩きながらなんとはなしに、ディーと同じ花を探してみる。

「うーん、咲いてないわね」

色は同じ白でも花びらが違ったり、葉の形が違ったりして、全く同じ花は見つけられなかった。

ラルフおじいさんは『名もない野花』なんて言っていたけど、精霊が宿るくらいなので、もしかしたら稀少な花なのかもしれない。

帰りにでも図書館に寄って、何の花なのか調べてみよう。

そんなことを考えながら朝から道草して、始業時間に合わせて学園へ向かい、教室前に到着した。

思えば、入学してからずっと暗い顔で俯(うつむ)いていた気がする。

それが余計に周りに近寄りがたい印象を与え、ますます人を遠ざけていたのかもしれない。

ディーと出会えたおかげですっかり前向きな思考になっていた私は、改めて母の『皆に愛される存在になりますように』という願いを胸に深呼吸する。

そして思い切って扉を開き、初めて笑顔で挨拶(あいさつ)しながら教室に入った。

さらに自分の席へ向かう通りがかりに「おはようございます」と個別に声をかけていく。

すると、他の全員が無視する中、一人だけ「えっ、おはよう」と反射的に返してくれた男子生徒がいて、嬉しかった。

そして、休み時間になると、出窓の花瓶の水が減っていたのを取り替え、落ちていたゴミを拾う。

母の『優しく親切に』という言葉に従い、笑顔を絶やさないことはもちろん、これからは率先して他人のために働こうと誓った。

授業にもよりいっそう身を入れる。

結婚できない可能性が高くなった今、頼りになるのは身につけた知識や技術だけだから。

入学時に貰(もら)った学園案内によると、王立学園生活の四年間のうち前半の二年は総合的な学習。後半の二年はそれぞれの科に分かれての専門課程になる。

ゆえに最初の二年で自分の適性を見極め、進路を選択しなくてはいけない。

幸い勉強に関しては、領地にいた頃、毎日、祈る以外の時間を読書で埋めていたおかげか、授業内容はよく理解できていた。

でも覚えるためにはきちんと予習・復習をしないといけない。毎日図書館へ通って自習しよう。

授業を受ける私の真剣さが伝わったのか、今日のディーは休み時間以外は大人(おとな)しくしていた。

いつもより集中していたせいか、あっという間に午前中の授業が終わり昼休みになる。

ディーと一緒なので、購買に向かう途中に廊下で陰口を聞かされても全然苦にならなかった。

婚約破棄されたのに上機嫌の私は、周りの目にはさぞや奇異に映っていることだろう。

パンを買って戻る足取りも非常に軽快になる。

ところがその軽かった足が、教室前にできている人だかりを目にした瞬間、ぴたっと止まった。

遠目にも一瞬で、その中心に立つ人物が誰だかわかってしまった。

他の生徒より頭一つぶん高い長身と、陽の光のように煌めく金髪。

大勢の女子生徒に囲まれているルシアン様は、私の姿を認めるなり、爽やかな笑みを浮かべて手を上げる。

「やあ、カリーナ。お昼を一緒に食べながら少し話ができないかな？」

話とは間違いなく、オリバー殿下に婚約破棄された件だろう。

今さらながら、昨日勢いでルシアン様をはぐらかす返答をしたのが気まずくなる。

しかし、まさか王太子の誘いを断るなんてできない。

私は内心どぎまぎしながら頷く。

「わかりました」

「できれば二人きりで話したいが、どこか希望の場所はあるか？」

ルシアン様に質問された私は、あえて「裏庭」を指定した。

「いいのか？　先日のことを思い出さないか？」

「大丈夫です」

なぜなら今日の私は昨日までの私とは違う。

そばにディーがついていてくれる。

それに裏庭なら母を思わせる聖女セリーナ像が私を見守ってくれ、他の場所より落ち着いてルシアン様と話せる気がした。


さっそく向かった裏庭は、予想通り今日も人気(ひとけ)がなくひっそりとしていた。

私は緊張しながら、ルシアン様と並んでいつものベンチに腰かける。

最初に目を瞑(つむ)って習慣の祈りを捧(ささ)げている間、なぜか、ずっと横から見られている気がした。

その後、それぞれ食事の準備をする。

ルシアン様は、密かについてきていた従者から昼食の入った籠(かご)を受け取り、膝に置いた。

王太子である彼は毒殺を恐れてか、毎日王宮から届けられる料理と飲み物のみを口にされるそうだ。

籠の中は豪華な料理が満杯だった。

ルシアン様は、そこで私の膝に載せられたパンと水筒を見て美しい眉をひそめる。

「君の昼食はそれだけなのか？　デッカー公爵夫人やリリアから極度の偏食だと聞いてはいたが……」

「ええ、これで充分なんです」

私はあえてそれ以上説明しなかった。

なにしろ家族の言葉を信じているルシアン様は、私を虚言癖のある我儘娘だと決めつけている。公爵家の仕送りが少ないなどと説明しても、どうせまた嘘をついていると思われるだけだ。

そんな私の無力感も知らず、彼は熱心な口調で助言してきた。

「好き嫌いせずにもう少し食べたほうがいい。君は身体が細すぎる。腰など今にも折れそうだ。栄養が足りていないのではないか？」

「大丈夫です。昼以外はしっかり食べていますから」

これは本当のことで、朝晩の寮の食事は毎回完食している。

しかし、ルシアン様はよほど私の栄養状態が気になるらしい。

「この中で一つくらい食べられるものはないか？」

そう聞きながら、自分の昼食が入った籠を私の前に差し出した。

中には季節の野菜に肉や魚を組み合わせた料理。チーズを挟んだパン。タルトや果物などのデザートが並んでいる。

どれもとても美味しそう。

あえて言うなら食べられないものは一つもない。

私は籠の中を眺めているうちに、自分の昼食内容を思ってわびしい気持ちになった。

贅沢など望むべきではないし、王太子であるルシアン様と比較してもどうしようもないのに。

そんな私を和ませるように、ディーが水盤の水面を滑るように踊り出す。

その可愛らしさに自然に笑顔になり、心に余裕ができたおかげで、私はルシアン様に譲歩することができた。

「では、後で果物だけ頂けますか？」

「ああ、もちろん」

ルシアン様もほっとしたように形の良い唇をほころばせる。

そしてようやく本題に入った。

「ところで話というのは他ならぬ、昨日中庭でオリバーが君を公然と辱めた件なのだが」

「はい」

「どうしても気になって、後でその場にいた者に聞き取り調査を行ったところ、オリバーが君を突き飛ばした上に侮辱し、婚約破棄を宣言したことがわかった」

「おっしゃる通りです」

神妙に頷く私を、ルシアン様はまるで理解できないといった目つきで凝視する。

「なぜ、昨日僕が駆けつけたときにそう説明しなかった？」

「正直、どうでも良くなっていたからです」

じっと見られてどきどきした私は、正直な気持ちを口にしながらも、鼓動を落ち着かせるために前方の聖女像に視線を向けた。

「確かに一度ならず二度までも乱暴を働いたオリバーは、君に見放されても仕方がない。二度と暴力をふるわせないという約束を守れなかった僕にしても、全く頼りにならない存在だ」

いったんそう断じた後、ルシアン様は悔しさを滲ませた声で「それでも」と続ける。

「そんなふうに簡単に投げ捨てないで、あの場で僕に起こったことを知らせてほしかった。後から他の者に聞かされるのは屈辱以外の何ものでもない」

そう言われると返す言葉もない。

思えばあのときの私は、自分の誇りを保つのとディーのことで頭がいっぱいで、そこまで気を回す余裕がなかった。

「ルシアン殿下のお気持ちを考えず、申し訳ありませんでした」

落ち込んで下を向くと、ルシアン様がはっとしたような表情になる。

「いや、僕のほうこそすまなかった。君を責められる立場ではないのに」

「いいえ、ルシアン殿下は何も悪くありません」

オリバー殿下のせいで、ルシアン様がいちいち謝るのは申し訳ないし、辛い。

「とにかく、僕の顔に泥を塗ったオリバーにはそれなりの報いを受けさせる——その上で僕からも、約束を守れなかった償いを君にしたい」

「そんなっ……別にルシアン殿下に償っていただく必要なんてございません！」

「いいや、それでは僕の気が済まない。どうか君の望みを言ってくれ。僕のできることなら何でもしよう」

「特に望みなんてありません。ただただもうオリバー殿下と関わり合いたくない、それだけです」

「それは怖い目に遭ったのだから当然だ。いくら君から希望した婚約相手とはいえ……」

言われた瞬間、私はがばっと顔を上げる。

その誤解だけはどうしても否定しておきたかった。たとえ信じてもらえなくても、ルシアン様だけには――

「私はオリバー殿下との婚約なんて、ただの一度たりとも望んだことはありません、だって私は幼い頃からずっと――」

ルシアン様が好きだった。

一人ぼっちの私を見つけ出してくれたときから。

「ずっと？」

ルシアン様が続きの言葉を求めるように私の手を取り、ぎゅっと握る。

だけどこのルシアン様への想いは決して口に出していい種類のものではない。

「ずっと他に好きな人がいました」

それだけ言って、また俯く。

「好きな相手が……そうか……」

ルシアン様はあえぐように言うと、私の手を握る指の力を緩めた。

異様に重たい沈黙が流れる。

「とにかく、君の気持ちはわかった。本来、家同士で正式に結ばれた婚約は、本人の意思が変わったからといって簡単にどうこうできるものではない。だが、君の望みはこの僕の誇りにかけて必ず叶えてみせよう」

力強く請け負うルシアン様の言葉に、私は安堵の息を漏らす。

「……ありがとうございます……どうかお願いします！」

「安心して待っていてほしい。もう二度と約束は破らない」

「はい、信じます」

「……そうだな、早いほうがいいと思うので、一週間後の創立記念パーティーまでには、オリバーの処遇とあわせてはっきりさせておこう」

「創立記念パーティーですか？」

「ああ、毎年入学式後に最初に行われる恒例行事だが、聞いていなかったか？」

「はい、すみません。パーティーということは夜でしょうか？」

「そうだ。大ホールで行われるダンスパーティーだ。新入生との顔合わせも兼ねている」

つまりドレスアップしなくてはいけないということだ。

貴族の学校だから当然そういうイベントがあるのはわかっていたし、念のためにドレスも持ってきている。

でも——

とたん暗い気持ちになって黙り込む私の顔を、ルシアン様は探るような目で見つめた後、急に思いついたように言った。

「良かったら、一曲踊る予約をしておいてもいいか？」

予想外の申し出に驚く。

もしかして、踊る相手がいなくて私が悩んでいると勘違いしたのかもしれない。

まさかルシアン様も公爵令嬢である私がドレスに問題のあることや、ダンスを習っておらず踊れないことで悩んでいるなんて想像できないのだろう。

事情を説明してまた嘘をついていると軽蔑されるのも怖いし、王太子からの誘いを断るのも失礼なので、曖昧に頷く。

「……そうですね……もしも会場で会えましたら」

「だったら見つかるまで君を探そう」

一刻も早くその話題を終わらせたくなった私は、昼食の詰まった籠に目を落とした。

「それより果物を頂いてもいいですか？」

「ああ、ぜひ、果物だけと言わず、何でも食べてくれ」

ルシアン様の言葉に甘えて、初めて見るような大粒の苺を一つ摘む。

「いいえ、これだけで充分です」

色んな意味で胸がいっぱいで、それ以上食べられる気がしなかった。

理由はどうあれルシアン様とこうして、二人きりで過ごせることは幸せなことだと思える。

もうこんな機会は二度とないかもしれない。

そう思って、貴重な一時を味わうように苺(いちご)を食べた。

ディーも私の気持ちを察してか、いつの間にか水盤の端にちょこんと座り静かにこちらを見守っている。

やがて予鈴が鳴って、魔法が解けたように、夢のような時間は終わった。


「はぁ……」

放課後になっても昼間の余韻が抜けないまま、繰り返し私の口からは切ない溜め息が漏れた。

そんな心ここにあらずの私に、ディーがふくれっ面(つら)を向けている。

本棚の前でぼうっと立っていた私は、そこではっとした。

──そうだ。自習を兼ねて花のことを調べるために学園の図書館に来ているんだった。

「ごめんね、無視するつもりはなかったのよ」

私が謝っても、ディーの機嫌は直らない。なぜだかわからないけど、昼休みが終わってからずっと、すねたような態度を取っている。

もしかしてあれからずっと、私がルシアン様のことばかり考えていたから？

他に理由が思い当たらず、とりあえずディーを構ってあげることにした。

「ねぇ、ディーにも何か本を読んであげようか？」

言いながら階段を上がってゆく。

王立学園の図書館は生徒向けにしては立派な建物で二階まであり、中央が吹き抜けになっていた。

中廊下からは一階の中央と二階の全体が見渡せる。天井と同じ高さの本棚がびっしり並んでいる様は壮観だ。

「初めて来たけど、こんなに本があるなんて夢みたい」

領地の城にも図書室があるが、蔵書数はこの百分の一にも満たない。しかも父はいっさい本に興味がないので、先代の集めたものしかなく一部内容が古かった。

「ここならきっと、ディーの花のことが載っている本もあるわね」

私は胸をわくわくさせながら、ディーと一緒に館内を探索する。

唯一の難点は、あまりにも本の数が膨大すぎて、選んだり探したりするのが大変なこと。植物関連の本だけでも軽く数百冊ありそうだ。

「うーん、とりあえず、端から読もうかしら」

脚立に登って一番上にある本を二冊手に取る。

それから次に、ディーにちょうどいい本がないかと探し始めた。

かつて母や乳母が幼い私にしてくれたように、ディーにもたくさんの本を読み聞かせてあげたい。

人間と同じように成長するなら、きっと知識の発達を促(うなが)せるはず。

「ディーにはどんな本がいいかな？　読んでほしい本ある？」

私がそう聞くと、ディーは一回転してから吹き抜けを降りて一階へ飛んでいった。

慌ててついていき、地理関係の本が並んでいる一角に到着する。

「ここは……」

私は並んでいる本の背表紙を見て立ち止まる。

「もしかして、あの本があるかも」

急に思いついて探してみると、昔持っていたのと同じではないものの、私が好きなラチェ遺跡の本があった。

さっそく人がいない椅子のあるスペースに移動し、本を広げる。

ちょうど全体の景色が描かれた挿絵があったので、膝の上にいるディーに見せながら話しかけた。

「ねぇ、ディー、凄(すご)いでしょう。まるで天空に浮かんでいるみたいじゃない？　ここは、物凄(ものすご)く高い山頂にある古代遺跡なのよ」

ディーは幼い頃の私みたいに瞳をきらきらさせて絶景に見入る。

「ディーも気に入った？　私は小さい頃、この遺跡の挿絵がたくさん載った本が大好きで、いつか行ってみたいと夢見て、毎日眺めていたの」

残念ながら義母の指示を受けたメイドによって、その本は捨てられてしまった。

それはともかく、ディーは私の質問にうんうんと頷(うなず)く。

「それじゃあ、行くときはディーも一緒ね」

私がそう言うと、嬉しそうに飛び上がってくるくる回った。

——良かった、ようやく機嫌が直ったみたい。

せっかくなので、今日はディーを優先して自習は止(や)め、植物図鑑は寮に持ち帰って読むことにしよう。

そう決めた私は他にも挿絵の多い本を選び、時間の許す限りディーに読んであげる。

ディーは絵を指差したりじっくり眺めたり終始嬉しそうにして、楽しい時間を一緒に過ごしたのだった。

第三章　初恋の行方

ルシアン様と昼食を取った日の翌日。午前中の休み時間だった。

「ねぇ、聞いた？　カリーナ様ったら今度はルシアン殿下を誘惑しているんですって」

「ええ、昨日の昼休み、仲良く二人でどこかへ消えたらしいわね」

「何でも、その話を聞いたリリア様が学食で泣いていらっしゃったそうよ」

私は思いがけずトイレの個室の中で新しい自分の評判を知ってしまう。

しかし、問題はその後だ。

「こう言ってはなんだけど、ルシアン殿下にもがっかりよね」

「ええ、人一倍、正義感が強く、嘘や曲がったことを嫌って、これまで生徒会長として不品行な生徒を厳しく取り締まってきたのに……」

「そうよね、いくら、外見が人並み外れて綺麗でも、長年に亘（わた）って陰湿に妹を虐待（ぎゃくたい）してきたような、嘘つきで暴力的な中身の腐った女性と親しくするなんて」

「そうそう、ルシアン様の清廉潔白（せいれんけっぱく）なイメージが一気に崩れたわよね。所詮、口では高尚なことを言っていても、実際は女性を外見だけで選ぶような軽薄な人なのかと……」

――なんと私のせいでルシアン様が悪く言われている！

まさか、たった一度、二人でお昼を食べただけで人格まで疑われるなんて……

いけない。私に近づくとルシアン様の評判を著しく下げて迷惑をかけてしまう。

はっきりそう認識した私は、その日からルシアン様を徹底的に避けることにした。

昼食は裏庭以外の人気のない場所を探して済ませ、休み時間は基本的に図書館で過ごす。

私の栄養状態を気にしていたルシアン様が、万が一にもお昼を誘いに来ないように。

そうしてルシアン様と顔を合わせないまま迎えた約束の創立記念パーティーの夜。

私はクローゼットの扉を開き、中にかけられている一着のドレスを見つめ、深々と溜め息をついた。

それはオリバー殿下の誕生会の件で吊るし上げられた夕食の席で着ていたもの。

義母が私への嫌がらせのために仕立てた、下品なまでに派手なドレスだ。

私がどれほど贅沢な娘か一目でわかるように、上から下までびっしりと色とりどりの宝石が縫い付けられている。遠目にもギラギラと輝く、豪華を通り越して悪趣味な代物。

やはりこれを着て大勢の前に出る勇気は出ない。

仮に出たとしても、全くダンスが踊れない。

こんな私がダンスパーティーに行ったところで、いらない恥をかくだけだとわかっていた。

そう、幼い頃、絵本で見て憧れた舞踏会とはほど遠い。

『ねぇ、お母様、私もいつかこんな楽しそうな舞踏会に出られる？』

『当然よ。カリーナは公爵家の娘ですもの。年頃になればたくさんのお誘いがくるわ』

『じゃあ、この絵みたいなふわふわの可愛いドレスも着られる？』

『もちろん着られるわ。そのときになったらあなた好みのドレスを仕立ててもらいましょうね』

『じゃあ、じゃあ、こういう素敵な王子様とも踊れる？』

『ええ、いつか、カリーナも運命の人と出会うはず。だから、きっと、踊れるわ』

——結局、どれも叶わない夢だった。

私は現実を見つめるために最後にもう一度ドレスを眺めた後、クローゼットの扉を閉じた。

それから諦めの溜め息をつき、窓に視線を投じる。

今夜はとても月が明るい。誘われるように窓を開けると、大ホールから流れてくる楽団の調べがかすかに聞こえてきた。

どうやらもうパーティーは始まっているらしい。

そう気づくと共に、かつて父の再婚祝いパーティーで感じたような、たった一人取り残された寂しい気持ちになる。

――と、そのとき、ディーが自分の存在を主張するように、急に目の前をぐるぐる旋回してみせた。

そこではっとする。

「ごめんね、ディー。そうだよね。あのときとは全然違う。今の私にはあなたがいるんだもの」

気を取り直した直後、ディーがビュッと窓から外に飛び出す。そして誘うようにくるっと私を振り返った。

「もしかして、散歩に行こうと誘ってる？」

ディーは返事の代わりに、音楽に合わせて空中で回転してみせる。

そういえば、この前もディーは水面の上で楽しそうにダンスしていた。

「もしかして、踊りたいの？」

ディーは肯定するように、私に向かって小さな手を差し出してくる。

「いいわね。どうせ、このまま一人で部屋にいても気が塞ぐだけだし、せっかくの月夜だもの。二人でダンスパーティーをしようか」

私はそう言うと、急いでクローゼットの底に入れてあった旅行鞄の中から母の形見の髪留めを取り出す。それを手早くハーフアップした髪につけると支度は完了だ。

今の私にはこの制服と髪留めが一番の盛装だった。

人が出払った後の寮の玄関から外に飛び出すと、先導するみたいにディーが前方を飛ぶ。

「どこへ行くの？」

必死に追いかけ、やがて辿り着いたのは、学園の敷地内でも特に美しい場所。月明かりの下に青白く浮かび上がるイクス神像が建つ中庭だった。

「ここで踊りたいの、ディー？」

確かにここなら大ホールからそんなに離れていないので、演奏の音が聞こえる。

私は噴水の前で足を止めると、改めてディーと向き合いお辞儀してから手を差し出す。

それに応えてディーが小さな可愛らしい手を伸ばし、さっそく一曲踊り始める。

——といっても、ステップなんて一つも知らない。ディーの動きに合わせてくるくる

と回るだけ。

それでも身体を動かしていると自然に楽しくなり、はしゃいで噴水を一回りしてしまう。

そのまま止まらずに、曲に乗って回転を速くしたり遅くしたりしながら、噴水を周回してゆく。

しかし、疲れ知らずのディーと違って私の体力は九周目で尽き、ベンチに座って休むことにした。

休憩中、ふと一週間前にしたルシアン様との会話が思い出される。

『良かったら、一曲踊る予約をしておいてもいいか？』

『だったら見つかるまで君を探そう』

ルシアン様はまだ会場で私を探しているだろうか？

ううん、そんなわけない。

踊る相手には困らない人だもの。もうとっくに探すのを止めて、私のことなど忘れてパーティーを楽しんでいるはず。

「……きっと、今頃、他の誰かの手を取って楽しく踊っているよね……」

呟きながら、私は童話に出てくる一場面——王子様とヒロインが踊る夢のように美しい舞踏会シーンを思い浮かべる。

同時に胸が切なくなって、悲しみが込み上げてきた。

「……叶うなら、私もルシアン様と踊ってみたかったな……」

思わず本音と共に涙を漏らす。私の頬をディーが優しく撫(な)でて慰(なぐさ)めてくれた。

だけど今夜は涙がおさまるどころか、余計に止まらなくなる。

そうして月の光の粒をきらきらと撒く噴水を見つめ、私が声を押し殺して泣いていたそのときだった。

突然、背後にある植え込みの間から勢い良く人影が飛び出てくる。

驚いて視線を向けた私の瞳に映ったのは、月光を受けて輝く金髪と際立った長身。

ルシアン様だと気づいたとたん、私は慌てて顔を背(そむ)けて涙を拭(ぬぐ)った。

「カリーナ！　やっと見つけた、こんなところにいたのか」

私に目をとめてそう叫ぶと、ルシアン様が呼吸を落ち着かせるように数回肩で息をつく。

「会場をしばらく回ったがどこにもいなかったので、周囲を探そうと外に出てきたところだ」

予想を上回る彼の行動力に、私は驚いた。

「とにかく、会えて良かった」

大きな溜め息をついたルシアン様が、ふと懐かしそうに目を細める。

「実は懸命に君の姿を探しながら、まるで昔に戻ったような気分だった。幼かった君は覚えていないかもしれないが、僕達は一度会ったことがある。そのときも君の姿を求めてこうして探し回ったものだ」

――覚えているかいないか、なんて話じゃない。それが私にとってどんなに大切で特別な思い出か。

込み上げてくる熱い想いに胸が詰まって、言葉が出なくなる。

ルシアン様は至近距離まで来たところで、ようやく気づいたように確認してくる。

「ところで、カリーナ、なぜ制服を着ているのだ？　一曲一緒に踊る約束をしただろう？」

私は、改めて八年前の再現のようなこの場面に感動し、もう一度ルシアン様に真実を話してみようかと思いつく。

しかし、その勇気は、次に彼の口から発せられた言葉によってくじかれた。

「オリバーの誕生会のときに、君がそれはそれは豪華なドレスを仕立てたと公爵夫人とリリアから聞いていた。だから、今夜こそ見られるかと思って楽しみにしていたのに」

とたん、前回言われた『君以外の全員と君一人』という台詞(せりふ)が脳裏に蘇(よみがえ)り、また否定されるのが怖くなる。

「……ルシアン様は……何でも私の家族から……聞いて知っているのですね」

ようやく絞り出した言葉は、つい皮肉っぽくなってしまった。

そんな私に対してルシアン様はいつになく熱をこめ饒舌に語り出す。

「そうだね、折りに触れて君のことを聞いていたからね。それほど君との出会いは僕の中で鮮烈だった。幼い頃の君はまるで天使そのものだったから……正直、再会したときは、遠目にもさらに美しく成長したその姿に思わず目を奪われたよ――そして今こうして月明かりの下にいる君は、青白い光のベールを纏い、まさにこの世のものとは思えないほどの、夢のような美しさだ」

それはとてもルシアン様の口から出てきたとは思えない、まさに歯の浮くような、私の容姿への称賛だった。

そこで彼は、すっと目線を合わせるように腰を落として地面に片膝をつき、とまどう私の手を取りさらに熱く語る。

「この、会えなかった一週間というもの、僕の頭の中は絶えず君のことでいっぱいだった。そのせいでオリバーとの婚約解消の成立についてもつい力が入ってしまい、否が応にも自覚させられた。どうやらすっかり君に魂を奪われてしまったようだとね。カリーナ、君はとても罪な人だ。そのたとえようもない美しさの誘惑は抗いようがない……もしかして、君は男を惑わす妖婦なのか？」

それは、オリバー殿下が以前口にした「しつけ」を超えるほどの耳を疑う表現だった。

『妖婦なのか？』と問われた瞬間、私は突然目が覚める想いがする。

一瞬で幻想が溶けると同時に目の曇りが晴れて、初めて真実のルシアン様の姿が見えるようだった。

今夜の彼も、あの日と同じように、私を捜して見つけ出してくれた。

だからこそ両者の決定的な違いがわかる。

八年前のルシアン様は、母を亡くした幼い私を心配して捜してくれた。

でも今夜のルシアン様は私の見た目に惹かれ、自分の欲求に従って捜していただけ。

何より、私の心に寄り添って慰めてくれた九歳のルシアン様と、自分の気持ちを一方的に押し付けてくる今のルシアン様はあまりにも違いすぎる。

私がずっと会いたかった孤独な心を救ってくれたあの少年はもういない。

そう気づいたとたん、悲しみと失望でルシアン様の顔を見つめたまま言葉を失う。

そんな私を感動のあまり言葉が出ないとでも勘違いしたのか——

「ああ、そうやって潤んだ大きな瞳でじっと見られたら、誰でも誘惑されて勘違いしてしまう。カリーナ、どうか嫌なら拒んでくれ、オリバーのように無理強いをする気はない」

ルシアン様はそう言うと、いかにももう抑えきれないというように、バッ、と私の両肩を掴み、いきなり顔を近づけてきた。

この段になって私は初めて自覚する。

彼をここまで増長させたのは私だ、と。

『――口を閉ざし、逆らわず大人しく従っていれば争いにならず、すべて丸くおさまることもわかっている。でもそれは決して相手のためにならないことよ――』

かつて母が言っていた通りだった。

医務室で否定されて以来、これ以上嫌われたくない一心で言葉を呑み込んできた。けれど、それはルシアン様のためにならないこと。

間違いである上に、『正しいことは正しい』と言える人間でありたいという母の言葉を裏切っている。

そう、はっきり悟った私は、ルシアン様の唇が触れる寸前、顔を背けて拒む。

「――でしたら、止めてください！」

叫びながら彼の胸を力いっぱい押し、言葉と身体の両方で拒絶の意思を示す。

「カリーナ……？」

ルシアン様は目を見張り、息を呑む。そのいかにも拒まれたことに驚いたような反応を見て、私は感情を爆発させた。

「どうして、キスをしようとするのですか？　妖婦などと呼んで、私を見下げ果てているくせに！　中身なんて一つも見ようとせずに、外見だけを褒められても微塵も嬉しくない！」

ルシアン様が好きだから、キスしようとしてきたことが余計に許せなかった。

ずっと想ってきた人だからこそ、相手の外見さえ好みであれば中身など何でも構わないというその言い様が耐えられなかったのだ。

もし、状況が違えば少しはその甘い言葉にうっとりしたかもしれない。

でも、悲しい気持ちでいるときに、その一欠片も汲み取ってくれない相手に、容姿に惹かれたと告白されて、どうして喜べようか。

「いったい、オリバー殿下がなんだと言うんですか？　私は無理強いや暴力よりも、信じてもらえないことのほうがずっとずっと辛い！」

激しい非難を浴びせる私に対しルシアン様といえば、大きく目を開いた状態で絶句している。

その混乱の表情から察するに、私がなぜ怒っているのか本気でわかっていないみたいだった。

それでももう口を閉ざさないと心に決めた私は、先刻の質問に答える。

「私が制服を着ているのは、ダンスパーティーに行くつもりがなかったから。義母が勝手に仕立てた悪趣味なドレスを着て、見世物になりたくなかったからです。習っていないので、どうせダンスも踊れませんし」

「……見世物？　……ダンスを習っていない……？」

ルシアン様は私の言っている言葉の意味が理解できないというように、口の中でもごもごと呟く。

この際なので、私は今まで呑み込んできたものを全部吐き出す。

「父は外面が良いだけで中味は腐り、私より義理の娘であるリリアを偏愛しています。義母は私を幼い頃から虐げ続け、リリアは計算高く嘘つきです。私は偏食なんかじゃない。仕送りが少ないから、お昼はパンと水だけなんです。私に虚言癖なんてない。全部全部、本当のこと。まぎれもない事実です！」

一気に捲し立てると、いったん息継ぎし、最後に付け加える。

「でも、ルシアン殿下が信じてくれないことはわかってます」

とりあえず言いたかったことをすべて言い終えた私は、ルシアン様の反応を窺った。

すると、たくさん訴え説明したというのに、呆然と固まっていたルシアン様がようやく口を開いて発したのは、「……カリーナ、泣いているのか？」という、今さらながらの質問だった。

私はさらにがっかりした気持ちになって、ベンチから立ち上がり、ルシアン様に背を向けてスタスタと歩き出す。

ディーも飛んできて私の横に並んだ。

「……カリーナ、待ってくれ……」

遅れて我に返ったようにルシアン様が追ってくる。

私は必死に足を速めた。

「ついてこないでください。今夜はもうあなたの顔を見たくありません」

今のルシアン様は昔の彼とは違う。一緒にいても却って孤独を深めるだけ。

「お願いだ……愛しているんだ！」

「ついてこないでって言ってるでしょう！」

苛立ちまじりに振り返ってそう叫んだとき――ディーが両手を広げてルシアン様の前に飛び出した。

すると、突風でも吹いたのか、突然噴水の水が高く舞い上がる。

そして次の刹那、ドウッと広がりながら盛大に飛び散り、私とルシアン様の間を遮断した。

その隙に乗じて私は走って逃げる。

まさかルシアン様も女子寮の中までは追ってこないだろう。

勢い良く部屋に飛び込み扉を閉めた直後、私はずるずると床に座り込んだ。

気が抜けたとたん、改めて悲しみが押し寄せ、涙が溢れてくる。

ルシアン様はどうしてあんなにも変わってしまったのだろう。

不思議でならない。

あるいは、私が勝手に理想化していただけで、元からああいう人だったのか。

とにかく、今の彼は到底お互いを理解し合える相手ではない。

そう思うと同時に、心にぽっかりと大きな穴が空いたような、激しい喪失感に襲われる。

膝を抱えて俯いて落ち込んでいると、顔の前にディーが飛び込んできた。

どうやら自分がいると主張したいみたい。

思えばルシアン様とは逆に、今夜のディーはずっと私の気持ちを考え、元気づけようとしてくれていた。

「……そうだよね。私にはディーがいるもんね……」

顔を上げて涙を拭き、改めてディーを見つめたとき、私は気がつく。

「――ディー、あなた大きくなった？」

確認するために立ち上がり、出窓から鉢を持ってきて、本体の花と大きさを比較してみる。

「やっぱり！」

思った通り、外に出る前は花と同じぐらいだった背丈が今は一、五倍くらいの高さになっている。

それもただ上に伸びただけではなく、等身も三頭身から四頭身に増えており、赤ちゃんから幼児に近い見た目に変化していた。

「花の精って成長するのね」

――知らなかった！

嬉しい驚きに、悲しい気持ちが一気に吹き飛んでゆく。

もしも、人間と同じようにこのまま発達していくのなら、そのうち話せるようになるのかも。

いつかディーとおしゃべりできる日が来るかもしれない。

想像しているうちに自然に笑顔になり、合わせてディーもにこにこして、二人で笑顔を交わし合う。

ルシアン様という心の支えを失っても、今の私にはこうして想いを通じ合える親友がいる。

——改めてディーの存在に精神的に救われ、慰（なぐさ）められた夜だった。


「おはよう、ディー」

翌朝の寝覚めは不思議とすっきりした気分だった。

一番はディーのおかげだけど、ルシアン様への想いにそれなりの区切りがついたからかもしれない。

拒絶した上に批判したので、ルシアン様には嫌われただろう。けれど自分の信条を曲げて口を閉ざし続けるよりずっといいし、彼のためにもはっきり言えて良かった。

そう信じて、前向きな気持ちで登校したのだけれど……

今朝はいっそう、女子生徒達の目が冷たい、というより怖かった。

最初に玄関ホールで数人に睨（にら）まれ、次に教室前にたむろしていた令嬢達からいっせいに非難の目を向けられる。

「——見て、来たわよ」

「よく平気な顔をしていられるわよね」

「昨日、ルシアン殿下と踊れるかもしれないと密かに楽しみにしていたのに……」

「本当にがっかりよね、誰かさんのせいで……」

「まさか、呼び出して独占するなんてね」

「リリア様もずっと泣いていたわ」

聞こえてきた嫌味の内容から、昨夜の創立記念パーティーの会場からルシアン様がいなくなったのが原因だとわかる。

どうやらそれが私のせいということで、ルシアン様に憧れる多くの女子の恨みを買ったらしい。

まさか、ダンスの誘いをきちんと断らなかったことがこんな結果を生むなんて……

青ざめる思いで教室に入った私は、自分の席へ行ってさらなるショックに見舞われる。

『男好き』『淫乱』『性悪』『泥棒猫』等々……

机の上にびっしりと私への中傷が落書きされていた。

色んな表現と筆跡を見ると、一人や二人の仕業ではないみたいだ。

何より、私の反応を窺（うかが）うクラスメイト達の悪意に満ちた視線と忍び笑いの声に、全身が凍りつく。

幸いその直後、私の代わりに怒って飛び回るディーの姿を見て自分を取り戻せたものの、朝からとても憂鬱な気分になった。

そして迎えた昼休み。購買でパンを買った後、私は当のルシアン様と廊下でばったり会ってしまう。

しかも、彼は大勢の女性達に囲まれている状態だった。

「カリーナ」

私を見るなり、群がる令嬢達をかき分けるようにしてさっそくこちらへ近づいてくる。

私はあまりの気まずさに思わず目を伏せたものの、まさか、呼ばれているのを無視するわけにもいかない。

「ルシアン殿下……」

顔を上げた瞬間、驚愕に息を呑む。

私を見下ろすルシアン様の顔は異様に青白く、目の下にどす黒いクマができ、唇が白くひび割れていた。

おまけに表情にいつもの凛々しさがなく、瞳にはねっとりした暗い光が灯っている。

一晩ですっかり亡霊のような風情になった彼と、その背後に控える女生徒達の嫉妬の眼差し。

二重の意味で緊張しながら、私は尋ねる。

「あの、顔色が悪いですが、大丈夫ですか？」

ルシアン様は「ああ、身体は問題ない」と短く答えると、虚ろな調子で謝る。

「それより、昨夜は、その、色々とすまなかった」

「いえ、私のほうこそ、言葉がすぎて、申し訳ありませんでした」

言った内容については後悔していなくても、傷つけたことは事実だった。

そこで私の抱える昼食に目を落とし、ルシアン様が静かに追及してくる。

「ところで、最近は昼に教室にいないようだが、毎日どこで昼食を取っているんだ？」

私はその監視しているような台詞に背筋が冷える思いがした。

「と、特に決めていません、日によって色んな場所で」

居場所を特定されることを恐れて曖昧に答え、「――それでは！」と強引に会話を締めくくって、素早くお辞儀する。

あとは一刻も早くこの場から遠ざかるのみとばかりに走り出した。

「あっ、カリーナ、待ってくれ」

もちろん、呼び止められても聞こえなかったふりをして足を止めない。

それでも廊下の角を曲がる直前、気になってチラッと振り返ってみると、ルシアン様は同じ位置に立ったままじっとこちらを見つめていた。

そのゾッとするような眼差し(まなざ)に、ときめきとは違う激しい胸の高鳴りを覚える。

何もかもが私の想像を超えて悪い方向へ行っているようだった。

＊＊＊

不吉な予感は当たり、その日はそれからも災難が続いた。

まずは、ルシアン様と別れた直後、女子生徒の集団にすれ違いざまに足をひっかけられる。

奇跡的に転ぶのは免(まぬが)れたけど、勢い良く走っていたので転んでいたら怪我をしていたと思う。

次に、昼休憩を終えて教室に戻ると、机の上に置いてあった教科書やノートが床に散乱していた。

勝手に落ちるわけがないし、踏まれた跡がついていたので誰かがわざとやったのは間違いない。

またディーを動揺させたくなくて必死に平静を保ったものの……おかげで、午後の間はずっと、急激に高まった周りの私への敵意に気が張り詰め、ひたすら心が重かった。

それでも寮へ帰れば、ディーと一緒に落ち着いた時間を過ごせる。

そう思っていたのに、自室の扉を開くと、思わぬ人物が中で待っていた。

「マイラ……！」

「お帰りなさいませ、カリーナお嬢様」

「どうしてここにいるの？　どうやって入ったの？」

「お嬢様の世話係として最初に合鍵を預かっておりましたので」

しれっとそう答えたのは、幼い頃の私を散々いびった元専属メイドのマイラだった。

彼女にされた仕打ちは今でも忘れがたい。

マイラは義母が前の嫁ぎ先から連れてきたメイドの一人で、再婚に合わせて私のお付きとなった。

口癖は「奥様に命じられて」であり、唯一していた仕事は私への陰湿ないじめ。

しつけと称しては幼い私に身の周りのことを全部やらせ、うまくできないとねちねち嫌味攻撃。義母の命令だと言っては、母の形見や私のものを次々と処分していった。

『ねぇ、マイラ、私のお人形を知らない？　お母様に貰った大事なものなの』

『ああ、あれなら、汚いからと奥様に命じられて焼却炉で燃やしました』

——そんな調子で、マイラがお付きだった頃に私の大切なものがたくさん失われた。

思えば、私を放置する正当化な理由を義母に与えたのも彼女だ。

ある日、大事な『聖女セリーナ伝』が捨てられ、とうとう耐えられなくなった私は、激しく泣いてマイラを拒絶した。それを悪意をもって義母が曲解、拡大解釈。

世話も教育も私が拒んでいることにされ、それを口実に、以降メイドだけではなく家庭教師もつけられなくなった。

かつてのトラウマと恐怖が蘇り、私の口から半ば悲鳴のような声が出る。

「世話なんていらないわ！　さあ、今すぐ合鍵を返して、リリアのもとへ戻って」

「いいえ、そういうわけにはいきません。奥様に命じられておりますから。それに、この学園で使用人を連れていない者など、お嬢様以外は一人もいらっしゃいませんよ。こう申し上げては何ですが、そろそろカリーナお嬢様も公爵令嬢らしい分別を備えたらいかがでしょうか？」

相変わらずの慇懃無礼さだった。

私はディーと一緒になってマイラを睨みつけながら、退出を促すために扉を開く。

「別に無分別で構わないわ！　さあ、いいから出ていってちょうだい！」

けれど、廊下に顔を向けると、妨害するようにリリアが立っていた。

「駄目よ、お姉様。そんな我儘を言ったら」

顔を見たとたん、腹の底から怒りが込み上げてくる。

ディーが私に同調するように、リリアの周りをぐるぐる飛び回った。

「リリア……またあなたの差し金なの？」

私の質問に答えず、リリアは廊下に声を響かせ主張する。

「いけませんわ、カリーナお姉様！　いくら一人がお好きだからといって、公爵家の娘ともあろうものが、メイドをいらないなんて通りません！」

「――なぜ、通らないの？」

「まあ！　お姉様、本気で訊いていらっしゃいますの？　身分に相応しい体面を保つのも、貴族令嬢としての務めですのに……！　普段の身だしなみはもちろんのこと、集まりのためのドレスアップの手伝い。食事の配膳、お客様を自室で持てなす際のお茶の用意や給仕など、メイドの手は様々な場面で必要です」

高らかな声で言い切ったリリアは、私と同じように下校したてのはずなのに、すでにピンクのワンピースに着替え終わっていた。

相変わらずの理論武装――記憶にある限り、私はこれまでリリアに口で勝てたことがない。

反論の言葉を探している私に、彼女はさらに付け足す。

「それに、何か足りないものがあった際の買い出しに、メイドがいないと困るでしょう？　だって、お姉様は校外への外出がいっさい禁じられているんですもの」

リリアの言葉にぎくりとした私は、おうむ返しにする。

「……校外への外出がいっさい禁じられている？」

確か入寮時に貰った校則には、用事がある場合には申請して許可が下りれば外出可能だと書いてあった。

それを読んで、いつか学園の周辺を見て回れたらいいなと思っていたのだ。

もしやと思ってリリアを見つめると、予想通りの答えが返ってくる。

「ええ、そうよ。お父様が入学時に、お姉様の外出禁止願いの届けをお出しになったの。だから、長期休みの帰省以外は、学園の門からいっさい出られないはずよ。嘘だと思うなら寮監のエイムズ先生に聞いてみるといいわ」

自信満々のリリアの表情を見れば確認するまでもない。

領地の城にいた頃と同じように、ここでも私は籠の鳥なのだ。

落胆と失望でやるせない気持ちになった私は、感情的に叫ぶ。

「なんと言われても、いらないものはいらないの。さあ、マイラを連れて帰って！」

そこでふーっと溜め息をついたリリアは、ようやく一番言いたかったであろう台詞を口にする。

「つまり、あくまでもお姉様は、自由に一人でやりたいと？　ですが私は心配でなりません。今のカリーナお姉様はあまりにも奔放すぎます。お一人で夜に男性と密会されたりして……もしもこのまま言いつけを守らず不品行を重ねるようでしたら、確実に公爵家に連れ戻されますよ？」

「言いつけ」というのは、義母の言っていた王太子の婚約者候補であるリリアの邪魔をするなということ。要するに私に監視をつけたいし、ルシアン様に近づくなと脅しているのだ。

私はこれ以上無益なやり取りをしたくなかったので、背後に立つマイラの手をひっ掴み、力づくで部屋から引っ張り出す。

「とにかく、メイドは不用よ、合鍵も返して」

さらに手を突き出して迫ると、マイラは急に床に崩れ、悲鳴まじりの声を上げた。

「止めてくださいっ、お願いします！　もう殴らないでください！　カリーナお嬢様！」

「……なっ……！」

絶句すると同時に私は気づく。

リリアが廊下に声を響かせた効果で、いつの間にか同じ階の寮生や使用人達が部屋から廊下へ出てきている。

哀れを誘うように膝を床について懇願するマイラの姿は、彼女らに見せるための演技なのだろう。

「どうか、お許しください！　私はただ、自分の仕事をしたかっただけなのです！　だから、もう、これ以上ぶつのはご勘弁ください！」

そこでわざとらしく泣きながら床に伏せったマイラの肩に、リリアが優しく手をかける。

「可愛そうなマイラ。……さあ、もういいから、私と一緒に行きましょう」

「はい、リリアお嬢様！」

マイラは泣き濡れた顔を上げ、その頬をリリアが優しくハンカチで拭う。

そしてわざとらしくよろめくマイラの肩を支えて寄り添い、廊下を歩き去った。

少し呆然として二人を見送りながら、私はとりあえず追い返せたことにほっと息をつく。

室内に戻って確認してみると、白い花に特に変わった様子はなく、隠してあった髪留めも無事だった。

ひとまず安心した私は、脱力してベッドの上に座り込む。

ディーが心配そうな顔で近寄ってきたけど、最早笑顔を返す余裕もない。

今日はあまりにも色々ありすぎた。

本格的に始まったいじめのことで頭が痛いところに、マイラとリリアによって評判を下げられ、合鍵も取り返し損ねた。

中でも一番、精神的なダメージを受けたのは、リリアから受けた忠告。

『公爵家に連れ戻される』という脅しが、今さらながらに効いてくる。

それは私が一番恐れている事態だった。

もうあの牢獄のような生活には絶対に戻りたくない。

『いいか、カリーナ、少しでも問題を起こすようなら、即刻領地に連れ戻すからな！』

父はそう言っていたが、私が実際に問題行動を起こすかどうかは関係ない気がする。

なぜなら父は溺愛（できあい）するリリアの言うことを何でも盲目的に信じる。

つまり、入学前の父の宣言が実行されないようにするには、悔しいけどリリアの言うことを聞くしかない。

特にリリアが強調していた、ルシアン様にもう近づかないこと。これだけは厳守しなければ。

そう考えた瞬間、胸がズキッと痛んだ。

なぜだろう。

どっちみちリリアに言われなくてもそうするつもりだったのに。

これ以上リリアや多くの令嬢達から睨まれたくないし、ルシアン様だって今まで築き上げたイメージの失墜は避けるべき。

お互い、関わらないほうが身のためなのだ。

そこまで考えた私は頭が疲れて限界になった。

「……もう、駄目……」

弱音を吐いて、どさっと仰向けにベッドに倒れ込む。ディーも真似して横にころんと寝転んだ。

その可愛らしい姿に少し心が和んだ私は、そのまま目を瞑って休むことにする。

とにかく、平穏な学園生活を目指すためにも、今後はルシアン様を徹底的に避けて、いっさい関わらないようにしないといけない。

そう固く心に誓う。

——ところが、ルシアン様本人が決してそれを許してくれなかった。

＊　＊　＊

翌日の昼休み。

私はさっそくルシアン様と遭遇してしまう。

いつものようにお昼を買いに行く途中、購買部の手前の角を曲がると、ルシアン様が壁に寄りかかって立っていた。

私はリリアの忠告を胸に、あえて気づかないふりをしてさっと前を通り過ぎようとする。

ところが――

「カリーナ、待ってくれ、話がある」

すかさず、横からガシッと手首を掴まれる。あきらかに私を待ち伏せしていたのだ。

「……ルシアン殿下……お話ですか？」

息を呑んで見上げたルシアン様の整った顔は、昨日よりだいぶ血色が良くなっていた。

「昨日は君に振られたショックで失念していたが、婚約の件についてまだ報告していなかったと思ってね」

「振られた」という言葉に一瞬ドキッとしてから、私は周りの目を気にしながら頷く。

「……できれば手短に済ませてもらってもいいですか？　それと手を離していただいても……？」

「ああ、すまない、君を逃がしたくなくて、つい力が入ってしまった。痛かっただろう？」

いったん手を離して、ルシアン様が続ける。

「しかし、込み入った話なので、手短には無理だ。また昼食を一緒に取りながらゆっくり話したい」

私は逡巡した。

また二人で消えて、学園の生徒達――特にリリアやルシアン様の大勢のファン達からあらぬ誤解を受けたくない。

そうなると、人目のあるところが良かった。

「では、中庭でもいいですか？」

「もちろんだ。君が望む場所ならどこへでも一緒に行こう」

「どこへでも」という言葉に反応して、また鼓動が跳ね上がる。

「では、行きましょう」

赤くなった顔を見られたくなかった私は、ルシアン様の先に立って歩いた。

中庭の噴水前にはすでにたくさんの生徒が集まっていて、ベンチはすべて埋まっていた。

しかし、常にそばに控えているらしいルシアン様の従者が前に進み出て、木陰(こかげ)の芝生(しばふ)の上にさっと敷物を広げてくれる。

王族といえども学園に同行できる世話係は一人という条件は変わらないらしく、この前のお昼に見たのと同じ人だ。

「さあ、座って」

促(うなが)された私は、なるべくルシアン様と離れて座る。そして精神を落ち着かせるため、いつもより長めにお祈りをした。

きっと、心臓がうるさく騒ぐのは、ここまで移動する間や今、周りからの視線を痛いほど感じるせい。

決して、ルシアン様と二人でいるからじゃない。

心の中で自分の心に言い聞かせるように呟(つぶや)いた後、目を開く。

「偏食でないのなら、今日はたくさん食べてくれるだろうね?」

私が祈り終わるのを待っていたかのように、ルシアン様が昼食の入った籠(かご)の蓋(ふた)を開きながら尋ねる。

その疑うような言い方に、私は少しむきになった。

「はい、量は食べられませんが、嫌いなものはいっさいありませんので」

「そうか、ではすべての料理を取り分けよう」

偏食ではないことを証明するために今日は遠慮せず、料理を次々取り皿に載せていくルシアン様を止めなかった。

とはいえ、人の目があるので早く要件を終えて解散したかった私は、そこで自ら話を切り出す。

「それで、婚約の件はどうなったのでしょうか？」

緊張している私に対し、ルシアン様が柔らかい笑みを浮かべる。

「安心してくれ、僕がきちんと父とデッカー公爵の前で経緯を話しておいた。オリバーが君に度重なる暴力をふるい、挙げ句に公然と侮辱し、婚約破棄を宣言したことをね。結果、罰が軽いと思うかも知れないが、王である父の裁定により、オリバーは身を清めるために学園卒業後、神殿騎士団へ入ることになったよ」

「神殿騎士団ですか？」

「そうだ。ただし五年間の期限付き騎士としてだが」

領地の城では時間を潰す手段が読書くらいだったので、偶然本で読んだことがあった。

本来、神殿騎士になるには入信儀礼として、生涯神と神殿に仕え戒律に従うことを誓願しなければならない。ただし、王族と貴族については特別措置として、期間限定で戒律に従い、神殿騎士として活動することが許されるらしい。

「神殿騎士団の戒律には妻帯不可という項目があるので、勤める間、オリバーは結婚できない。ゆえに表向きは、若い君は五年も待てないということで婚約が解消される運びとなった」

「でも、それだと、五年経っても私が独身の場合、婚約が復活ということにはなりませんか？」

不安になる私に、ルシアン様は形の良い唇の端を上げてみせる。

「いや、聖女の末裔(まつえい)である君が、五年も独身であるということは有り得ない。安心してくれ」

「どういうことですか？」

リリアに「傷モノ」と言われたのもあり、すっかりもう縁談がこないと思っていた私は、ルシアン様の言葉に驚く。

「君の母方の家系——ファロ家は古くから続く貴重な血筋で、王国にとっては保護対象なのだ」

「保護対象ですか？」

母に聞かされたり本で読んだりして、かなり歴史のある一族だとは知っていたものの、そう表現されると嫌な感じがする。

まるで稀少な動物か植物みたい。

そう思いながら、私は噴水で楽しそうに水とたわむれているディーに目を向ける。

水飛沫の上をお尻で滑って水中に落下してはまた飛び出す、というのを楽しそうに繰り返しているところだった。

この前も水の上で踊っていたし、ディーは植物の精だけあって水が好きなのかもしれない。

遊んでいる様子を眺めつつ、少し考えてから質問する。

「つまり、私の代で血を途絶えさせてはいけない、ということですね」

「もっと言うと増やしたいのだ。なにせ、今や残されたのは君一人だけだからね。ファロ家は、はるか昔よりイクス神に愛される一族と呼ばれてきた。神秘的な見た目の美しさもそうだが、託宣によって神の言葉を代弁する巫女に選ばれるのは、決まってファロ家の者だったからね。その最たる者が聖女セリーナであり、託宣以外の能力も授けられたことから、巫女ではなく、聖女と呼ばれた」

「増やしたい」なんて、無神経で気分の悪い言い方だ。

それではまるで子を産む道具みたい。

おかげで私は七歳の頃に義母に言われた酷い言葉を思い出す。

『あなたの母親は身体が弱いのに子供を産んだせいで早死にしたの。つまりあなたが殺したも同然なのよ』

実際、出産がかなり身体の負担になったようで、記憶にある母は常に床に臥せっていた。

私さえ産まなければもっと長生きできたのに。

そう思うと、悲しくなった。

「だからカリーナ、君は学園を卒業したと同時に結婚することが決まっている。相手はまたこれから選定されるが」

「卒業と同時……」

つまりあと四年弱――

私も貴族の家に生まれたからには、政略結婚は仕方ないことだと理解している。

でも、まさか自分に血を繋ぐ義務があるとは思わなかった。

リリアはそのことを知らないから、私を『生涯孤独』とあざけったのだろう。

複雑な思いの私を、ルシアン様が熱っぽい瞳で見つめてきた。

「君はどんな相手と結婚したい？　ちなみに僕の理想の相手は、伝説の聖女セリーナのような、強くまっすぐで美しい心の持ち主だ」

問われた私は、両親の冷えた夫婦仲を思う。

「私は一番に尊敬できて、お互いを理解し合える相手がいいです」

「君が想いを寄せている人物はそうなのか？」

「えっ……!?」

唐突なルシアン様の質問に、思わず驚きの声を上げてしまう。

「裏庭で言っていただろう？　幼い頃からずっと想っている相手がいると……この学園にいるのか？」

——確かに口にしたけど、あれはルシアン様のことだ。

けれどその事実だけは、絶対に本人に知られてはいけない。

「答えたくありません」

私が拒否しても、ルシアン様はさらに追及してくる。

「いったいどんな人物なんだ？　どこに惹(ひ)かれたのだ？」

「ルシアン殿下には関係ありません」

私の動揺を感知したのか、ディーがこちらへ飛んできた。

「僕のどこがその相手より劣っているのか知りたいのだ」

なおも食い下がるルシアン様のしつこさに苛立ち、私はつい感情的になって叫ぶ。

「もう止めてください！　知ったところで意味がないでしょう？　ルシアン殿下には婚約者候補がいるのですから！　私のことなど、もう気にすべきではありません」

しかし、ルシアン様は美しい顔を引きつらせて、驚くべき台詞を言い放つ。

「婚約者候補など十人以上もいて、単に結婚相手として問題ない令嬢達の名前が挙がっているだけのこと。その中から選ばなければ、いないも同然だ！」

「……いないも同然って……」

「それにあくまでも理想は理想だと君と再会してから強く思うようになった」

それがどういう意味なのか、などと聞くまでもなかった。

強くまっすぐな美しい心の持ち主でなくてもいい。

私のような嘘つきで我儘な娘でもいいと言っているのだ。

「妥協なんてするべきではありません。必ず後悔します」

「もちろん、完全に諦めるつもりはない。人はいつからでも望めば生まれ変われると信じている。愛と協力があればなおさら」

これ以上の侮辱はもう耐えられない。

「私は変わりたくなんてありません！」

それだけ言って、私は取り皿に盛り付けられた料理を一気に平らげ始める。

口に食べ物を掻き込む私の行儀の悪さに驚いたのか、ルシアン様はぽかんとした顔で絶句した。

最速で完食するとすっくと立ち上がり、お別れの挨拶をする。

「ルシアン殿下、婚約の件では私のために色々と心を砕いてくださってありがとうございました。とても助かりましたし、言葉にできないほど感謝しています。その上で、無礼を承知で申し上げます。もしもあなたが私のことを本当に想ってくださっているのなら、今後はもういっさい関わらないようにしていただきたいです」

「僕の気持ちは迷惑ということか？」

「そこまで言わせないでください――それでは、私はこれで失礼します」

最後にお辞儀をすると、私はルシアン様に背を向け、ディーと一緒に歩き出した。

中庭を後にした私の足は自然に裏庭を目指す。

そして聖女セリーナ像を目にした瞬間。張り詰めていたものが切れたように、両目から涙が溢れ出した。

『理想は理想だ』

『生まれ変われる』

やはりルシアン様に自分を否定されるのは悲しい。慣れるどころか、そのたびに傷ついてしまう。

きっと、それは、まだルシアン様のことが好きだから。

それに、初めて知った自分の運命にも酷く心が乱されていた。

『保護対象』

そう聞くと、まるで狭い檻に閉じ込められているようで、息が詰まる。

実際、天涯孤独だった母は結婚するまで神殿から出たことがなかったという。

『まるで狭い囲いの中に閉じ込められているような生活だったから、外の広い世界へ出るのが楽しみだったの。でも、結局結婚後もほぼこの城に閉じこもりきりだったから、早く元気になりたいわ……。そして、カリーナと一緒に色んな場所へ行くの』

『色んな場所？』

『そう、色んな場所』

私は枕の下からラチェ遺跡の本を引っ張り出し、ページを開いて挿絵を母に見せた。

『ここにも行ける？』

『それは、南方大陸の山頂にある遺跡ね。行きたいけど、とても遠くて天にも届くような高い場所にあるから、私には難しいかもしれないわ。でも、カリーナは健康だから、望めばどこまでも遠くへ行けるわ』

――母はそう言ったけど、私もまた同じなのかもしれない。

公爵家からこの学園という囲いへ移り、結婚してまた別の囲いの中に閉じ込められるだけ。

かといって自分の役目から逃げ出すことも考えられない。

尊敬する母も、聖女セリーナもそうだったから――

彼女達はどんな過酷な運命でも耐え抜き、与えられた環境で戦っていた。

「……お母様、私も遠くへ行けないかもしれない……」

つい自分の運命に悲観的になり、思わず弱音が口から漏れたとき。

『カリーナ』

近くから鈴のように高く澄んだ声で名を呼ばれる。

瞬間、鼓動が大きく跳ね上がり、少し固まってから、私はゆっくり周囲を見回す。

それから、再び目の前に浮遊するディーに視線を戻すと、私はおずおずと尋ねた。

「もしかして、今、あなたが話したの？」

するると、答えるようにディーはもう一度、『カリーナ』と、私を呼んでみせる。

とたん、私は胸が震えて熱くなり、悲しみとは真逆の涙が溢れて頬を伝う。

「ディー、あなた、しゃべれるようになったのね」

感動してディーを見つめていた私は、そこで初めて、また一段とディーが大きくなっていることに気がついた。

「いつの間に？」

昨夜から精神的にディーをよく見る余裕がなかったとはいえ、少なくとも今朝まではこんなに大きくなかったはず。

さらにじっくり観察してみると、等身が伸びただけではなく顔つきまで変わっていた。

見た目も発達具合と比例しているのか、人間で言うと歩き始めの乳幼児がようやく話すようになったくらい？　まん丸だった顔が少ししゅっとして、顔立ちがはっきりしてきている。

私はディーの顔をまじまじと見つめ、そのとき、もう一つの驚くべき新事実を発見した。

「あれ、もしかしてディーって、ルシアン様に似ている？」

ううん、厳密には違う。

この目鼻立ちがはっきりして整った天使のような愛らしさは、現在のじゃなく、初めて会った少年の頃のルシアン様を思わせる。

なら、育つとルシアン様みたいな顔になる？

真剣に考え込む私の顔をにこにこして見ながら、初めて言葉を覚えたディーは嬉しそうに『カリーナ』『カリーナ』と連呼する。

以前、抱いた「いつかおしゃべりできる日が来るかもしれない」という夢の現実化が鮮明になるのを感じた。

同時に、暗く塞（ふさ）いでいた心に明るい希望の光が差して広がっていく。

『いつかきっと出会えるわ』

そうだよね、お母様。

「ディーに出会えた奇跡に比べれば、外の世界へ出ていくことなんてずっと簡単なことだもの」

きっと、ううん、必ずお母様が言ったように実現する。

そう信じて負けないで頑張ろうと、ディーのおかげで改めて、前向きな気持ちと勇気が湧いてきたのだった。

第四章　白い花の正体

ディーが発語した翌日の朝。いつものように鉢植えに水やりしているときに私は気がついた。

「あれ、なんだか元気がない？」

萎（しお）れているというほどではないけれど、白い花の花びらと葉の張りがいつもよりない。

ディーの本体ということで、異変がないか毎日真剣に観察しているので、気のせいではないと思う。

「ディーは大丈夫？」

心配してディーの様子を見てみると、特に変わったところはなく元気そうだった。

もしかして、私の世話の仕方が悪い？　水をあげすぎているとか？

そういえば、ラルフさんが花の種類によって水のあげ方が違うと言っていた。

もう一度、これが何の花なのか特定するために図書館でよく調べてみよう。

そう考えながら朝の準備と食事を済ませ、寮の玄関を出た直後。私の口から大きな溜め息が漏れる。

「おはよう、カリーナ」

学園へ続く並木道の入り口に、ルシアン様が朝の爽やかな風に金髪を揺らして立っていた。

まさか「関わらないで」と言った昨日の今日、朝から私を待ち構えているなんて……

「おはようございます」

呆れた私は一応挨拶だけ返し、急ぎ足で前を通り過ぎようとする。

しかし、ルシアン様は当然のように、私の横にぴったり並んだ。

「ルシアン殿下……昨日お願いしたはずです」

「僕は一言も従うとは言ってない」

平然と答える彼に、私は無礼を承知で言う。

「人としても男性としても、相手が嫌がっている場合は素直に引くべきです」

「君を想えばこそ引くわけにはいかないんだ」

「それは、どういう意味ですか？」

「聞いた話によると、君は学園に入学してからずっと孤立しているそうだね。何でも、頑なに他人を寄せ付けようとせず、毎日、誰ともいっさい口をきかないで関わらないように一日を過ごしているとか……」

「……そっ、それは、周りから避けられているせいです！」

「いいや、避けているのは君のほうだろう？　話しかけても無視されると皆が言っている」

つまり、また多数派の意見を鵜呑みにしているのだ。

「その皆というのはいったい誰なんですか？」

「君と同じ寮やクラスメイトの女子生徒達だ」

「……でしたら、彼女達は私を嫌って嘘をついているんです。現に毎日私から挨拶しても無視され、嫌がらせもされています」

そこでルシアン様が冷笑した。

「それこそ嘘だろう。公爵令嬢であり聖女の子孫である君に、そんな真似をする愚かな者がいるわけがない」

どうやらルシアン様の私へのイメージは、再会した頃から微塵も変わっていないらしい。

いまだに嘘つきだと思われ、私の言ったことは一つも信じてもらえない。

悲しい現実に朝から泣きそうになる。

おまけにいくら早歩きして振り切ろうとしても、脚の長さが全く違うので無理だった。

「神に誓って嘘なんてついていませんし、これまでも一度もついたことはありません。偏見で判断して真実を見ようともしないルシアン殿下とはもう話したくありません。何より一緒にいて噂になりたくないので私から離れてください！」

はっきりと言葉にしても、わかってくれない。

「もしかして、君の想い人に誤解されたくないのか？　やはりこの学園に……」

ルシアン様は私の発言を勝手に自己解釈して、口惜しそうに歯噛みする。

がっくりとした私は、別の方向から話をすることにした。

「ルシアン殿下にしても、私と関われば関わるほど評判を落とします。ご自分のためにも、いい加減、私のことは放っておいてください」

進言すると、ルシアン様は急に思考から覚めたように私を見返し、ふっと口元に笑みを浮かべる。

「評判など、行いを良くしていれば、いずれ正される」

駄目だ。まるで話が通じない。

私はついに会話を投げ出して走り出した。

すかさずルシアン様も並んで走る。

そうして並走状態で校舎の前庭にある池の辺りにさしかかったとき、私はとうとう堪えきれなくなって叫んだ。

「もういい加減にしてください！」

ディーも怒ったように両手を広げ、ルシアン様の前に躍り出る。

——と、そのとき。巨大魚でもいるのか、池からバチャッと盛大に水が跳ねてきて、ルシアン様に直撃した。

「……うわっ!?」

その隙に私はルシアン様を一気に引き離し、学園の玄関に駆け込む。

そして教室の前に着くと、呼吸を落ち着かせてから、扉を開いた。

「おはようございます」

今日も笑顔で挨拶(あいさつ)しながら自分の席へ向かう。

残念ながら一人も返してくれないけれど……

幸い、今朝は机に落書きされてはいなかった。

消すのが大変なので良かったと思う。

「ふぅ……」

着席した私は重い重い溜め息をついた。

朝からルシアン様に絡まれて疲れたのもある。

でも、それ以上に――

『皆が言っている』

『それこそ嘘だろう』

ルシアン様の私に対する認識を再確認させられたことが、思いのほかきつい。

おかげで午前中の授業は全く身が入らず、昼休みになってもショックを引きずっていた。

ルシアン様を避けたいあまり、待ち伏せされている可能性のある購買へ行くのも躊躇(ためら)われるほど。

悩んだ末、食欲もないし、昼食を抜いて調べ物をすることにする。

通用口から外に出て、周囲に警戒しつつ図書館へ向かった。

到着すると、植物と園芸関連の本が並んだ棚を物色し、めぼしい本を数冊取っては、机とベンチが一体になった閲覧席へ移動する。

そして一冊一冊、見逃さないように注意深くページをめくって調べていく。

「うーん、似ているようでこれも違う」

しかし、またしてもそれらしき花は見つけられず、目的を果たせないまま昼休みは時間切れ。

続きは放課後にすることにして校舎へ戻った。

以前ルシアン様が教室前で待っていたことを思い出し、教室に入るタイミングは授業が始まるぎりぎりにする。

上級生の校舎は渡り廊下を挟んでいるので移動に時間がかかる。粘るのにも限界があるのだ。

本当はこんなふうに避けないで、ルシアン様にわかってもらうのが一番いいのだけれど……

『君を想えばこそ引くわけにはいかない』

今朝の使命感に燃えるような彼の瞳を思うと、かなり難しそうだった。

結局、その日の放課後と翌日の休日も合わせ、二日以上かけて図書館にある本を片っ端から調べても、花の特定には至らなかった。

そして白い花の異変に気がついて三日目の朝。

また一段と元気がなくなっている花の様子を目にして、私は強い危機感を抱く。

花びらと葉の先が軽くだらんとしている。

幸い、ディーにはまだ影響はないみたいだけれど、このままでは大変だ。一度、ラルフさんに相談してみよう。

そう心に決めた私は、ルシアン様に会いたくなかったこともあり、いつもより早めの時間に登校した。

その日の昼休みもここ二日同様お昼を抜き、まずはラルフさんを捜す。

途中でリリアを含む令嬢達に囲まれたルシアン様と遭遇（そうぐう）するも、繁みの中に隠れてやり過ごし、無事に前庭の植木の下で休憩するラルフさんを発見。白い花を見てもらう約束を取りつけ、図書館へ向かった。

そして放課後。いったん寮に植木鉢を取りに戻ってから園芸小屋を訪ねる。

「お待ちしていました。どうぞ、中に入ってお座りください」

すすめられるままにテーブルについた私は、さっそく切り出す。

「この通り、数日前から花の元気がないんです。いったいどうしたらいいんでしょうか？」

「では、見てみますので、お茶を飲んで、待っていてください」

私はラルフさんの優しい対応と、出されたハーブティーの温かさにじーんとした。

ラルフさんも対面に座り、お茶を飲みつつ、しげしげと白い花を観察する。

母が亡くなってから、こんなふうに誰かと向かい合ってお茶をするのは初めてだ。

感動する私の気持ちが伝わったのか、ディーが嬉しそうに跳び回る。その姿を見て、そんな場合ではないことを思い出した。

私が緊張して回答を待っていると、ラルフさんが持ち上げていた鉢をテーブルに置いて頷(うなず)いた。

「ふむ、確かに元気がないようですな。毎日水をやっていたのですよね？」

「はい、欠かさず毎日。水の量にも気をつけているつもりでした……」

「そうですか……。見た感じ根腐れではないようですし、虫もついていない。他に考えられるのは栄養不足か土が合わないか……」

「土は生えていたところから取りました」

「だとしたら、考えられるのは栄養不足でしょうか」

「つまり、栄養を与えれば元気になるんですか？」

「ええ、たぶん……。ただ、花の種類によって必要な成分が変わってくるので、何の肥料を与えればいいかまではわかりません……」

私はそこで図書館にある植物関連の本をすべて見ても、この花の情報がなかったことを説明した。

「――言われてみると、確かにわしも、この花はここでしか目にしたことがない。しかも学園の敷地内でも中庭の噴水の近くでのみ、忘れた頃にポツンと生えているのを見るぐらいですな」

「中庭のみでですか？」

「ああ、単純に、雑草だと思って何も考えずに抜いていましたが、今改めてよく見ると、この花はとても珍しい」

「どういうことですか？」

「ほら、花びらの数が七枚でしょう？」

見てみると、確かに先の尖った花弁の数は七枚だった。

「このぐらいのサイズだと花びらが五枚のものが多い。少なくともわしは他に七枚の花を見たことがない」

「はい」

やはりディーの本体だけあって特別な花なのかもしれない。

「とりあえず活力剤をお分けしましょう。これで元気になると良いが……」

「ありがとうございます！」

私はラルフさんの親切な申し出に感謝し、使用方法を聞いてから活力剤の瓶を受け取る。

そして最後に挨拶(あいさつ)して、園芸小屋を後にした。

寮へ戻る道すがら、白い花を見下ろしながら考え込む。

ラルフさんは栄養のことを言っていたけれど、噴水の近くに咲いていたときは元気だった。植え替えがストレスになったのかもしれないとも考えたが、三日前まではピンとしていた。

それらを踏まえると、むしろラルフさんの話自体。

――イクス神像が立つ噴水の近くのみにしか咲かない稀少な花。

この事実の中にこそ、花を救うヒントがあるのではないか？

そう考えつつ前庭を歩いていたときだった。

「――カリーナ！」

突然、背後から名前を呼ばれ、思わずびくっと立ち止まる。

聞き覚えのある声に、どきどきして後ろを見ると、ちょうど玄関からリリアと並んで出てきたらしいルシアン様がいた。

確認するや否や、私は条件反射で駆け出す。

花を風圧で傷めるのが怖いので、全力疾走できずに小走りになるものの、リリアと一緒なのですぐに引き離せるはず。

そう思った私は甘かった。

「待ってくれ、カリーナ!!」

寮に続く長い並木道に入ったところで、背後からがしっと肩を掴まれる。

「離してください！」

「離さない、カリーナ、君は毎日僕を避けているだろう？」

振り返ると、ルシアン様の身体ごしにはるか後方で佇むリリアの姿が見える。

驚くべきことにルシアン様は迷わずリリアを置き去りにして私を追ってきたらしい。

それに気づいた瞬間、リリアの忠告が脳裏に蘇り、冷や汗が出る。

「理由は説明したのでご存じのはずです。お願いですから、リリアのもとへ戻ってください！」

ルシアン様はそこで何かを察したように水色の瞳をすがめる。

「……そういえば君はこの前も婚約者候補のことを気にしていたね。もしかしてリリアに遠慮しているのか？」

否定できない私は一瞬口ごもり、質問返しをする。

「ルシアン殿下だって私達が噂の的になっている事実をご存じなんでしょう？」

「僕は別に君となら噂になっても構わない！」

はっきり言い切る彼に対し、私は領地に戻される可能性と、周りの女子から辛く当たられている現状を思った。

「私は嫌なんです！　困るんです！」

感情的に叫んだ瞬間、自然に涙がこぼれ出す。

ルシアン様は動揺したように美しい顔を歪め、息を詰めながら私を見下ろした。

「カリーナ……!?」

「ルシアン殿下は私が皆になんて言われているか知らないんですか？　少しは私の立場も考えてください！」

涙か非難かあるいは両方か、とにかくショックを受けたように彼の動きが止まる。同時に掴む手の力が緩み、私はその隙を逃さず、振り切るように走り出す。

初めて私の言葉がルシアン様に届いたのか、追ってくる気配はなかった。


私は寮の自室へ戻ると、ベッドの上にうつ伏せに身を投げ出した。

ただただ悲しくて涙が溢れて止まらない。

相変わらずルシアン様は、私を理解しようともせず一方的に想いをぶつけてくる。

そして現状それから逃げることしかできない情けない自分。

「……私だって、ルシアン様が真実の愛を捧げてくれるなら、何を犠牲にしてもその想いに応えるのに……」

でも、ルシアン様は所詮、私の容姿――入れ物を気に入っているだけ。

中味などどうでもいいどころか、軽蔑している。

それは「愛」とは程遠いものだろう。

少なくとも私は自分の人格を認めてもらえない限り、相手を受け入れるなんてできない。

だいいち、今のルシアン様を私は尊敬できないし、愛することもできない。

ルシアン様のことを思えば思うほど、失恋の痛みが胸を覆っていく。

『カリーナ』

私の悲しみを癒やそうとするように、ディーが横にぴったり寄り添ってくれた。いつかみたいに頰を優しく撫でてくれる。

「……ディーみたいな男性がいたらいいのに」

つい、そう思ってしまう。

「探したらどこかにいるかな？」

そんな問いに、ディーは「ここにいる」と主張するように自分を指さしてみせた。

「私もディーが大好きよ。……でも……」

私は今日のラルフさんに淹れてもらったお茶の温かさを思う。

それから母と、八年前のルシアン様の胸の温もりを――

「お母様がいつもそうしてくれていたように、誰かに抱き締めてほしくてたまらなくなるときがあるの……！」

発作的に叫んで起き上がり、ふらふらとクローゼットに歩み寄る。

そして、しまってあった旅行鞄の底から髪留めを取り出し、それを頬に押し当てて目を瞑った。

「ディーと触れ合えたらいいのに」

祈るように呟く。

『カリーナ』

私の寂しさを理解したようにディーが首に抱きついてくる。

実体がなくても、その温かい想いは確実に伝わってきた。

ディーの慰めに加え、気持ちを吐き出したおかげで、だいぶ心がすっきりしている。

「そうね。泣いていても始まらない。自分ができることを一つずつ頑張って、着実に問題を解決していくしかないんだわ」

　前向きな気分に戻ると同時に反省する。

「ごめんね、ディー。私ったら、自分のことばかりで……。ディーの花が大変なときなのに」

　謝罪すると、ディーは気にしないでというように頭をぶんぶん振ってみせた。

「でも大丈夫だから、安心してね。ディーの花は絶対に枯らさない。私が守ってみせるから」

　固く誓った私は、まずは手始めに、活力剤を水で薄めて白い花に与える。

「これで元気になるといいな」

　あとは、明日また図書館へ行って調べよう。

　ラルフさんのおかげで、見るべき本の方向性がだいぶ掴めていた。


　翌朝。

　私は真っ先に白い花の様子を確認した。

　夕べ活力剤を与えたことで少しは元気になっているかと思いきや――

「……嘘っ……!?」

　逆に花の先端はお辞儀をしたように垂れ下がり、花びらも葉もしぼんでしわしわになっている。

どう見ても本格的に枯れ始めていた。

「どうしよう……!?」

血の気が引く思いで少し眺めた後、ディーの様子を確認する。

すると、ついに花の影響が出たのか、今朝は沈んだ様子でいかにも元気がない。

とにかく一刻を争う事態なのはあきらか。

強い危機感を抱いた私は急いで仕度をし、食堂も開いていない早朝に寮を飛び出す。

手にしっかりと白い花の鉢を抱え、向かった先は北棟校舎の横にある園芸小屋だった。

鍵がかかっていなかったので扉を開いてみると、中は無人。

とりあえず鉢植えをそこに置き、ラルフさんを捜しに行く。

しかし、まだ来ていないのか、校舎の周りをぐるっと見回っても会えない。

結局、ラルフさんと話せないまま始業時間が迫り、仕方ないのでいったん校舎へ入って職員室に早退届を提出した。

状況的にも精神的にも、今日は授業を受けている場合ではない。

激しい焦燥感に駆られながら、鉢を持って図書館に移動する。

——それは夕べ浮かんだ仮説。

イクス神像の立つ噴水のあるあの場所にこそ、この花の正体を解き明かす鍵があるのではないか？

その考えをもとに、書物を選んで調べるためだった。

そうして数時間かけてようやく、神殿関連の棚にあった一冊の本の中に答えを見出す。

それは遠い昔、聖者として列せられた私のご先祖様――当時の大神官が記したもの。

『地上には天上界と繋がっているスポット、つまり聖域が複数あり、そこには稀に天上の花が咲くことがある』

記述と共に描かれている挿絵の花の花弁を数えると七枚だった。

本を持っていた手が勝手に震えてくる。

「ディーの花は貴重も貴重――天上の花だったってこと!?」

さらに文字を目で追っていくと、花が弱った原因も特定できた。

『天上の花は聖域から漏れる生命の泉の気に触れていないと枯れてしまう』

つまり、イクス神像の立つあの噴水近くが天上界と繋がっていて、そこから離れると花は枯れてしまうというの……!?

逆に言うと、あの場所に花を戻せば復活する可能性が高い。

ついに求めていた答えを手に入れた私は、一路、学園へ取って返す。

そうとわかれば一刻も早く、天上の花を生命の泉の気に触れさせて、回復させなければいけない。

ところが、間が悪いことに折しも時間帯は昼休み。

中庭に入ったとたん、私はぎくりとして立ち止まる。

リリアを含む十人近くの令嬢達に囲まれている、ルシアン様の姿が視界に入ったからだ。

しかも、よりにもよって噴水近くにあるベンチに並んで座るルシアン様とリリアを中心に人の輪ができていた。

噴水に近寄れば絶対に見つかってしまう位置。

でも、今は迷っている暇がない。

私は萎(しお)れた天上の花を見下ろして、決然と足を踏み出した。

どうかルシアン様が私を放っておいてくれますように。間違ってもこちらに寄ってきませんように。

無理だと思いつつも、そう強く祈る。

「カリーナ！」

しかし願い虚(むな)しく、すぐに私に気がついたらしいルシアン様が弾かれたように立ち上がる。そして迷いなく令嬢達の間から飛び出し、一目散に私のもとへ駆け寄ってきた。

近づいてくるルシアン様を眺めながら、私は緊張に息を呑む。

正直、今は精神的にも時間的にもルシアン様の相手をする余裕がない。

ここはもう、素直にお願いするしかなかった。

「ルシアン殿下！　どうか、一生のお願いです。今日、今、このときだけでいいので、私に構わないで、放っておいてください！」

我ながら必死な声が喉から出る。ちょうど目前まで来たルシアン様が美しい眉をひそめた。

「どういうことだ？」

「説明は後日必ずしますので、お願いだから、今だけはそっとしておいてください」

話しながらも気が焦り、急ぎ足で噴水に向かう。

ルシアン様は先日のようにぴったりと私の横について歩きながら、納得できないというふうに追及してきた。

「カリーナ、そう言うが、最近の君は僕の顔を見ただけで逃げ出すじゃないか。単に僕を追い払いたいだけではないのか？」

「すみません、ルシアン殿下。今はこういう言い合いもしたくないんです。重ねてお願いしますから私から離れてください……後日改めて、いくらでもおつきあいしますから」

私が本当に恐れているのはルシアン様ではなく、リリアの妨害だった。

彼が私を構えば当然のように彼女が近づいてくる。

案の定、噴水のそばまで来たとき、甲高い声が響いてきた。

「まあ、カリーナお姉様！　心配していましたのよ。早退したと聞いていましたから。体調はもう大丈夫ですの？」

いかにも姉を気遣う優しい妹を演じながら、リリアが大勢の令嬢達を引き連れて近づいてくる。

ルシアン様も思い出したように聞いた。

「そうだ、カリーナ。気分が悪いから帰ったと聞いて心配していた。もう大丈夫なのか？」

「ええ、そんなことより殿下……」

「いけませんわ、カリーナお姉様、そんなことだなんて！　ルシアン殿下はそれはそれはとても心配していらっしゃったのよ？」

三度目の私のお願いは、リリアが張り上げた声によって遮られた。

背後の令嬢達も口々に言う。

「そうよ、王太子殿下に対して失礼すぎるわ」

「ルシアン様に気にかけてもらえることが、どれほど光栄で幸せなことか……」

「私でしたら感激して泣いてしまいますわ」

「私なら卒倒してしまうかも……」

「ご自分がどれほど幸運かわからないなんて……信じられませんっ」

嫉妬を織り交ぜた私への非難を、ルシアン様がさっと手を上げて制止する。

「リリアも皆も止めてくれ、僕のことはどうでもいいのだ。カリーナが元気になったのなら。それよりも——」

そこで大事な話を思い出したように、リリアと周囲の令嬢達を見回して言う。

「良い機会なのでぜひ皆に話しておきたいことがある」

リリアが可愛らしく小首をかしげてみせる。

「お話ですか？」

「ああ、他でもない、君も名を連ねている婚約者候補リストのことだ。ここにちょうど候補者が揃っていることだし、今はっきりさせておきたい」

決然と告げると、ルシアン様が鉢植えを噴水にかざしていた私の肩をいきなり抱く。

「はっきりさせるとは？」

リリアは少し息を呑み、つぶらな緑の瞳を不安げに揺らした。

その質問に、切れ長の両眼に決意を滲ませたルシアン様が、堂々たる口調で答える。

「それは、今日、このときをもって、君達を僕の婚約者候補リストおよび、その立場から、完全に解放するということだ」

とたん、令嬢達含め、近くにいる生徒達がいっせいにざわめいた。

リリアが代表して尋ねる。

「つまり、私達を婚約者候補から全員お外しになると？」

「そういうことだ」

「……そんなっ……ルシアン殿下、私の何がいけなかったのでしょうか？」

リリアはショックを受けたように口元を手で押さえ、泣きそうな声を上げた。

「誤解しないでほしい。君達は何も悪くない。リリア、君についても、入学してからというもの、顔の広さを生かした情報収集などで生徒会に協力し、僕を助けてくれたことを非常に感謝している――ただ、昨日、急に目が覚めたのだ。今の状況では愛しいカリーナを苦しい立場に追い込み、辛い思いをさせ続けてしまうとね」

名前を出された瞬間、心臓が凍りつく思いがした。

まさか、昨日私が立場を考えてほしいと非難したから言い出したの？

そうだとしたら、曲解にもほどがある。

驚きのあまり言葉も出ない私をよそに、ルシアン様が凛とした声を中庭に響かせた。

「だから今ここで明言しておきたい。新しい婚約者候補リストにはこのカリーナ、ただ一人だけの名前を書くと――」

その宣言にあわせ、多くの視線が私に突き刺さる。

どれも王太子をたぶらかした悪女を見る目そのもの。

恐ろしい事態に血の気が引く私の横で、ルシアン様はさらに確信をこめて続けた。

「もちろん口で言うだけでなく、正式な形にしてきっちり周りにも認めさせる。僕にはどんな反対に遭おうとこの婚約を押し通すだけの強い覚悟と、カリーナへのゆるぎない愛がある」

特に「愛」の部分を強調し、言い切る。

かつてないほどの窮地に立たされている私の耳には、彼の言葉は殊さら虚しく響いた。

このまま無言でルシアン様の提案を受け入れれば、義母の「言いつけ」を完全に破ったことになり、父の逆鱗に触れる。

かといって、申し出を断れば王太子への不敬のそしりは免れない。

どちらを取っても最悪。

ならば、私が選ぶべき道はただ一つ。

たとえ不敬罪に問われても、ルシアン様に正直な思いを伝えるしかない。

なぜなら私は『いつでもどんな状況でも』もう二度と口を閉ざさないと決めたのだから……。

そんな覚悟が伝わったように、ディーが私の前に出て、盾のように両手を広げた。

その背中に勇気を得た私は、天上の花の鉢を落とさないようにしっかりと右脇に抱え直す。それから空いた左手で、ぐっ、と肩に置かれた手を掴んで下ろした。

「……カリーナ？」

ルシアン様が目を見張る。

私は、その動揺に揺れる水色の瞳をしっかり見返し、怒りと悲しみをこめて言う。

「ルシアン殿下、いい加減にしてください。いったいどうしてそんな話になるんですか？ 私は何度も何度も放って置いてくださいとお願いしましたよね？ 相変わらず私の話を聞かないで、気持ちを無視して、愛してるなんて言われても、全く心に響きません。だいたい、あなたはリリアや他の者の意見を鵜呑みにして、私を性根が醜く腐った女だと決めつけ、軽蔑していらっしゃいますよね？ 内面は嫌いだけど、私の外見――器だけを愛しているとおっしゃるなら、そんなのは物に対する愛情と同じです。私は最低でも人として見られたい。だからルシアン殿下とだけは、絶対に結婚いたしません。当然、婚約者候補リストに名前が載るのも全力で拒否させていただきます！」

「……なっ……!?」

ルシアン様は創立記念パーティーの夜にキスを拒んだときと同様、雷に打たれたような表情で絶句して固まった。

すかさずリリアが甲高い声を上げる。

「まあ、なんて酷いことをおっしゃるの、カリーナお姉様！　ルシアン殿下を公然と侮辱してその好意を踏みにじるだなんて……！」

釣られたように他の令嬢達も口々に私を非難し始める。

「人前で殿下に恥をかかせるだなんて信じられないわ！」

「噂以上の性悪ね！」

ひとたび起こった糾弾の声は、まるで火が燃え広がるように、あっという間に人から人へと伝染する。

「なんて女だ」

「不敬極まりない」

「殿下の心を弄んだのか」

次々とあちこちから私への怒りの声が上がり、中庭中が騒然とした。

そのとき、ようやく魂が抜けたような状態になっていたルシアン様が、はっとした表情で叫ぶ。

「皆止めろ！　カリーナを悪く言うな」

しかし、騒ぎは鎮火するどころか、ますます盛り上がってゆく。

「この悪女め！」

「王太子殿下を晒し者にするような女はこの学園の生徒に相応しくない！」

「それどころか王家を軽んじる者なんてこの国にいらない！」

「そうだ。出てけ！」

「出てけ！」

中庭にいる生徒が一丸となって声を上げ、私を排斥する空気が最高潮になった。

――そのときだった。

ディーが両手をまっすぐ天に突き出し、その動きに合わせて噴水の水がうねりながら高く巻き上がる。

「なんだ？」

ルシアン様含め、誰もが目を疑うような光景にどよめく。

私も上へ上へと伸びてゆく水柱を呆然と見上げた。

何が起こっているの？　まさか、ディーが……!?

混乱しているうちに水はどんどん高く吹き上がり、まさに天にも届こうかというとき、急に爆発するように弾けて、四散する。

私はとっさに鉢植えを胸に抱いてしゃがみ込んだ。

直後、中庭全体に土砂降りの雨のような滝水が降り注ぐ。

「きゃーっ！」

「なにっ！」

逃げ場のない上からの水責めに、生徒達が悲鳴を上げて大混乱する。

「カリーナっ、大丈夫か……？」

阿鼻叫喚（あびきょうかん）の中、ルシアン様の気遣うような声が降ってきた。

同時に私は自分が上から抱き締められていることに気がつく。

どうやら彼は、真っ先に私を庇（かば）って覆（おお）い被（かぶ）さったらしい。びしょ濡れの彼に対し、私と花には全く水がかかっていなかった。

「はい……おかげさまで大丈夫です」

ただし、降ってきた水だけではなく、地面の跳ね返りも受けていない。

足元が濡れていないのは、運がいいのを通り越して不自然に思える。

「そうか、良かった」

ルシアン様はほっとしたように表情を緩めた後、水が滴る金髪を掻き上げ、困惑した様子で周囲を見回す。

「しかし、いったい何が起こったんだ？」

全身ずぶ濡れになった生徒達が右往左往して、中庭はいまだに混乱状態。

私も豪雨の後のようなぐしょぐしょの芝生を踏みしめながら考える。

タイミングから、ディーが水を操ったように見えた。

でも、いくら天上の花の精だからって、こんなことができるだろうか？

「……わかりません……」

確信が持てず、答えを探すように視線を空中にさまよわせて、ディーの姿を探す。

――さっきまで近くにいたのにどこに消えたの？

そのとき、額に手を当てて考え込むような表情をしていたルシアン様がふと、空色の瞳を細めて私を見やった。

「……もしかしたら？　カリーナ、君がやったのか……？」

「ええっ、まさか、違います！」

私はぎょっとし、慌てて否定する。

いったい何を言い出すのだろう。

ところが、ルシアン様と同じ考えに至った者は多いらしい。恐ろしいものを見るような眼差（まなざ）しがあちこちから私に向けられた。

「だが、これはどう考えても、人知を超えた現象——そう、まさに、神の怒り、天罰そのものだ！」

ルシアン様の叫びに呼応するかのように周囲の生徒達がざわつく。

「……しかし、もしも、そうなのだとして、イクス神は心の清らかな乙女にしか加護を与えない……つまり、これは……」

ぶつぶつ独り言を呟（つぶや）き、ルシアン様が結論づけようとしたとき、全身水浸しで髪からぽたぽた水滴を垂らしたリリアが叫ぶ。

「ルシアン殿下！　濡れたままだと身体が冷えてしまいます。お風邪を召したら大変です。取り合えず校舎の中に入って着替えましょう」

ルシアン様は、はっ、としたような表情で「そうだな」と頷（うなず）き、自然な動作で私に手を差し出す。

「カリーナも一緒に行こう」

その瞬間、リリアが悔しそうに歯ぎしりしたように見えた。

「いいえ、私は濡れていないので大丈夫です。ここでしばらく休んでいます」

「……そうか、確かに、今は授業に出られる気分じゃないだろうね……」

ルシアン様が同情的に呟いたところで、昼休みの終了を告げる鐘が鳴る。

「カリーナ、後でまた話そう」

「ルシアン殿下、ほら、行きましょう！」

急き立てるようにルシアン様の背中を押しながら最後に私を振り返ったリリアの瞳には、激しい怒りと憎しみがこもっていた。

やがて、一様に濡れ鼠になった生徒達も全員校舎に入り、急に辺りが静かになる。

一人中庭に残された私は、「ディー、どこなの？」と、名前を呼びながら、ディーを捜し始めた。

出会ってからずっとそばにいたので、姿が見えないのが不安でたまらない。

必死にディーの姿を求めて歩き回り、噴水に近づいて視線を落とす。瞬間、私は心臓が口から飛び出しそうになる。

「きゃぁっ、ディー！」

水面にぷかぷか浮くように、ディーの顔とお腹の一部が覗いていた。

それも、今にも消えそうなくらい輪郭が薄く、身体の光が淡い状態で。

やっぱり噴水の水を操作したのはディーだったんだ！

大勢から糾弾される私を庇うために、持てる力を使い切ってこうなったに違いない。

私はいったん花の植木鉢を地面に置くと、噴水の中に入ってディーに手を伸ばす。

「ディー！　ディー！」

しかし、何度呼びかけてもディーは瞼を閉じたまま動かず、実体のないその身体には触れることすらできない。

しかも、突然周りの水面がぽうっと光り始めたかと思うと、ディーが水中に沈んでしまう。

悪いことに水と同色のせいで、完全に沈みきった状態では姿が全く確認できない。

どうしよう！　このままディーが消えてしまったら。

焦りと混乱で涙が込み上げてくる。

――そのとき、涙で曇った視界に天上の花が映った。

そうだ、ディーは花の精。

そして見たところ天上の花はまだ枯れていない。この花さえ回復すれば、ディーはまた元気を取り戻し、水から出てくるに違いない。

そう判断した私は、濡れた地面に座り込み、花の鉢を膝に抱えて一心に祈る。

——イクス様、どうか、ディーをお救いください。私から親友を奪わないでください。もう、他のものが欲しいなんて望みませんし、二度とディーに心配かけないように強くなります。だから、お願いします。ディーを助けてください。

やがて、私の願いが通じたのか、花に生気が戻ってきて、花びらや葉に張りが出てくる。

希望を抱いた私は、水面と鉢植えを交互に見つめながら、そのまま何時間でも何日でも、天上の花が元気になるまで待とうと決めた。


ところが、五限目の開始の鐘が鳴って少し経った頃。

「よう、カリーナ」

嫌な響きの声がして、地面を踏み鳴らす不吉な足音が近づいてきた。

「昼休みに、この中庭で大惨事（だいさんじ）が起こったそうだな。リリアに聞いて見に来てやったぞ？」

またしてもリリアの差し金らしい。

それにしても、オリバー殿下は相変わらずのねっとりとした話し方で、顔を見る前から誰だかわかる。

「……オリバー殿下……もう授業は始まっていますよ……？」

振り返って言うと、彼はいかにも愉快そうに喉を鳴らして笑う。

「それはお互い様だろう？　カリーナ。実は俺もお前と同じで、気分が悪くなって、ここに休みに来たんだ」

「……でしたら他の場所で休憩なさってください。そうしないと、今度はあなたが水難にあって、水浸しになってしまうかもしれませんよ？」

　ここから去ってほしい一心でそう答える。

　しかし、オリバー殿下は私の発言を、ふん、と鼻で笑い飛ばした。

「俺を早く追い払いたくて脅しているのか？　元婚約者相手にずいぶん冷たい態度じゃないか？」

「あなたとは温かい思い出が一つもありませんから」

「それこそお互い様だろう？」

　言いながらすぐ横まで来て顔を歪め、私を見下ろす。

「なにせお前と関わったせいで、俺は五年間もの神殿騎士団勤めを余儀なくされたのだからな。カリーナ、それがどんなものかお前は知っているか？」

　嫌味ったらしく言い、とっさに答えられずにいる私の鼻先に、いつかのようにぐいっと顔を突きつけた。

「服従、純潔、清貧が基本の、ご馳走や女とは無縁の生活を強いられ、男所帯で揃いの白マントを着て、朝晩は長時間神に祈りを捧げ、主な仕事は巡礼者が通る街道の警備。なあ？　これなら、監獄のほうがまだましな暮らしだと思わないか？」

「……いいえ、神に仕えて人の安全を守る生活が、監獄以下だなんて私は思いません……」

私が勇気を出して言うと、オリバー殿下は「はっ」と、再び鼻で笑う。

「いったいどの口が言う！　王太子妃の地位欲しさに俺を罠にはめて兄貴をたらしこんだ、強欲で堕落しきった女が！」

「――なっ、言いがかりは止めてください！　あなたは自分が掘った穴に勝手に落ちただけでしょう。だいたい私は王太子妃になんてなりたくありません。現にルシアン殿下の婚約者候補になることも今さっき、はっきりお断りしました」

「ふん、どうせ計算して焦らしているだけなんだろう？　女に逃げられると、男は余計熱くなるからな。だが、残念ながら俺は騙されないぞ？　創立記念パーティーの晩に、お前が兄貴と密会していたことも知っているしな。俺を拒んだくせに兄貴には股をひらくとは、何が聖女の末裔だ。男をたぶらかすこの淫売で性悪の悪女が！」

自分で言っているうちに興奮してきたのか、段々とオリバー殿下の息使いと声が大きくなる。

今にも爆発しそうなその様子に、私は強い危機感を覚えた。

とはいえ、天上の花とディーがこんな状態である以上、この場から離れられない。

逃げる選択肢がない私は反論を止めて、お願いすることにした。

「オリバー殿下、謝罪が欲しいというなら謝りますし、恨み言なら後でいくらでも聞きます。ただ、今だけは、どうか私を一人にしてください。お願いします」

「今だけとは？　どういうことだ」

下手に出たことで却ってオリバー殿下の興味を引いたようだ。

彼は地面に座る私に目線を近づけるようにしゃがみ込み、至近距離からじろじろ見る。

「そういえばリリアは、お前が持っている花をしきりに気にしていたが、それがそうなのだな」

「リリアが？」

ぎくりとして聞き返す。

思えばリリアには、二度もこの花を持っているところを見られていた。興味を抱かれても仕方がない。

「ずいぶん大切そうにしていると聞いたが、ちんけな花じゃないか」

私は警戒して鉢植えをしっかり抱き直す。

「お願いだからもう私に構わないでください。さもないと――」

「さもないと、兄貴にまた告げ口するか？　安心しろ、お前にはもう暴力はふるわない、お前にはな」

最後の部分を強調した言い方に危険を察知し、私はさっと立ち上がる。

悪い予感は当たり、次の瞬間、オリバー殿下が植木鉢めがけて両手を突き出してきた。

「きゃっ、何をするんですか!?」

からくも身をかわし、噴水を回って逃げる。

「何って、お前の身代わりに、その花をめちゃくちゃにしてやるんだよ」

そんなことされたら、今度こそディーが死んでしまう。

絶対にさせるわけにはいかない。

この天上の花はディーの命そのものなのだから――

「お願いだから、止(や)めてください！」

「いいから、寄越せ！」

しかし、オリバー殿下は本気で、物凄(ものすご)い勢いで私に迫ってくる。

単純に逃げたのではあっという間に距離を詰められて捕まるに違いない。そう判断した私は噴水を挟んでオリバー殿下を牽制(けんせい)する。

オリバー殿下が右に動けば左にと、常に逆方向に動いて、対面状に距離を保った。

中庭からいったん退避しようにも、オリバー殿下は私より足が速いので、直線だと逃げ切れそうにない。

彼は獲物を追い詰める野獣さながら、愉しそうに笑い、しつこく追って、時にフェイントをしかけて私を仕留めようとする。

何度かそれが繰り返されるうちに、とうとう植木鉢に手をかけられてしまった。

「捕まえたぞ！」

「いやっ、離して！」

オリバー殿下が植木鉢を掴み、私は奪われないように手に渾身の力をこめる。お互い植木鉢を激しく引き合う状態になった。

でも、やはり力ではオリバー殿下に敵わない。

すぐに天上の花の鉢は奪われ、一瞬後に容赦なく地面に叩きつけられる。

「きゃあっ……！」

さらに彼は、悲鳴を上げる私に追い打ちをかけようと、地面に転がった天上の花を踏みにじった。

それも、靴底と地面ですり潰すように、念入りに。

「いやあああぁぁああああっ!?　ディー!!」

私はオリバー殿下の足に飛びついて靴を持ち上げ、這いつくばってバラバラになった花をかき集める。

震える手のひらの上で確認してみると、花びらと茎は潰れて原型を留めず、根はバラバラにちぎれていた。

「あぁぁあぁぁあぁっ……!?」

無残に破壊された天上の花を両手で抱え私は絶叫する。

両目から涙が激しくこぼれ、ひたすら獣じみた声が喉から出続けた。

第五章　聖女の資格

あれからどれほど時間が経過したかわからない。

いつの間にかオリバー殿下の姿は消えていた。

嵐みたいな喪失の痛みの後、灰になったように呆然と座り込んでいた私に、近づく影がある。

「カリーナお姉様、まだここにいらしたの？」

ほがらかな声は、リリアのものだ。

もう放課後になったのかもしれない。正面にある校舎の窓には廊下を通る生徒達の姿が見える。

「リリア……」

ぼんやり見上げると、乾いた制服を着て、いつもと違って高い位置で髪を一つに結んだリリアが立っていた。

——と、その頭につけられた銀細工の髪留めが目に入る。その瞬間、私は心臓を握られたような衝撃を受けた。

「それは……お母様の……!?」

「うふふ、一度着替えに寮へ戻ったついでにつけてきたの。似合いますでしょう?」

「返してっ!」

地面を蹴って立ち上がり、両手を突き出してリリアに飛びかかる。

ところが彼女は私の手が届く前にさっと身を翻し、「きゃあっ」と大げさな悲鳴を上げて駆け出した。

「お姉様止めてっ! 誰か助けて!」

私はその背を必死に追いかける。

リリアが髪につけている母の形見の髪留めは、私にたった一つ残された大切なもの。

絶対に奪われるわけにはいかないと、死にものぐるいで走る。

距離が縮まりかけてきた頃、リリアが走りながら頭から髪留めを外した。そして、前庭の池に突き当たったところで立ち止まる。

「私の髪留めを返して!」

ついにリリアを追い詰めた私は、髪留めに向かって手を伸ばす。

「カリーナお姉様っ止めてっくださいっ、きゃっ!」

するとリリアはわざとらしい悲鳴を上げて爪先立ちになり、私の指先が届く寸前、髪留めを池に向かって放り投げた。

「あっ……!?」

大切な母の形見が放物線を描いて池の中央に落ち水中に消える悪夢のような光景を、私は池の縁に立って眺める。

そこへ、ルシアン様の凛とした声が響いた。

「リリアの悲鳴が聞こえたが、カリーナ、リリアにいったい何をしている？」

たぶん、ルシアン様が駆けつけてくる姿が見えたからこそ、リリアは逃げるのを止めたのだろう。

彼の背後には数名の生徒達も続いていた。

リリアがすかさず悲痛な声を上げる。

「助けてください、ルシアン様！　カリーナお姉様が私の髪留めを奪った挙げ句、池に放り投げてしまったんです！」

「……何を言っているの？　あれは私のもので、あなたが投げ捨てたくせに！」

「お姉様こそ何をおっしゃるの！　あれは亡き父から貰った大切な思い出の品。自ら捨てるわけなどございません！」

瞬間、目の前が怒りでカッと赤く染まり、私は渾身の力をこめてリリアの頬を張り飛ばした。

「きゃあっ」

リリアは勢い良く横へ吹っ飛び、ルシアン様がそこへ駆け寄っていく。

「大丈夫か、リリア！」

私は軽く二人を一瞥した後、再び池に向き直って迷いなく足を踏み出した。

「カリーナ、待て……!?」

ルシアン様が制止の声を上げたが、無視して池の中に入る。そして、ざぶざぶと足で水をかき分けて進む。

幸いそれほど深さがなく、腰まで浸かったところで髪留めが沈んだ辺りに到達した。

あとは頭から水の中に入り、池底を探るのみ。

——お願い、お願い。どうか神様、あの髪留めだけは私から取り上げないで。

強く祈りながら、ひたすら手を動かし続ける。

すると、願いが聞き届けられたように、すっと手中に髪留めが滑り込んできた。

もちろん、物に意思などあるわけなく、水流による偶然と幸運だろう。

私はようやく取り戻した母の形見を胸の前でぎゅっと握りしめて、ほっと涙する。

「カリーナ、池に入るなんて、馬鹿なことを……！」

岸へ戻ると、ルシアン様が待ち構えていたように手を差し出してきた。

私はその手を力任せに払いのけ、冷たく睨む。

「もう二度と私に構わないで！」

その剣幕に驚いたのか、彼ははっと息を呑んで身を引き、私が去ってゆくのを呆然と見送った。

自分でも、それが単なる八つ当たりだとわかっている。

だけどディーを失った私は、その原因を生んだすべてを憎まずにはいられなかった。

リリアやオリバー殿下はもちろん、二人の恨みを買った原因であるルシアン様も。

何もかもが憎くて憎くてたまらなく、絶え間なく腹の底からどす黒い感情が湧いてくる。

中でも一番憎いのは、何もできなかった無力な自分自身。

――大切な小さな親友を守れなかった。

「ごめんね、ごめんね、ディー……」

中庭に戻った私は、泣いて謝りながら花の欠片をすべて拾い集め、手で土を掘って埋める。

「……どうか、何もできなかった私を許して……」

涙が後から後から溢れて止まらなかった。

天上の花を葬(ほうむ)った後は噴水の前に立って、ディーが沈んだ辺りをしばらくぼうっと見つめる。

そして陽が沈み、風が冷たくなったところで、ふらふらと歩き出した。もう死ぬまで身体から離すまいと、髪留めを強く握りしめる。

それからは、ひたすら学園の敷地内を人のいない場所を求めてさまよい歩いた。

無意識に目でディーの姿を探し求めながら――

だけど、ディーはどこにもいない。

その事実に、まだ夕方にもかかわらず世界が真っ暗に見えた。

ディーのいない世界にはもう生きていたくない。私も、ディーやお母様のいる場所へ行きたい。

心からそう感じた私は、生まれて初めて自分の死を望む。

その願いを叶えるように、濡れた状態の私の体温を夜風がどんどん奪っていく。やがて、身体が氷みたいに冷えて寒気が起こった。

そして、夕食時間をとっくに過ぎた深夜に寮に戻ったときには、望み通り激しい悪寒(おかん)

と発熱に襲われる。

歯の根がかちかち鳴り続け、寒気と震えが止まらないのに、身体の芯が燃えるように熱い。

このまま順調に熱が上がってゆけば、きっとお母様やディーに会える。

そう確信し、濡れたままでベッドに転がり天井を見上げる。

「……ごめんなさい……お母様……」

生まれつき身体の弱かった母は、私が元気に走り回る姿を見るのが何よりも好きだった。

『カリーナが健康に生まれてきてくれたことが一番嬉しいの。あなたを産むときに、最も願ったのもそれなのよ』

口癖のようにそう言っては、嬉しそうに目を細めていた。

にもかかわらず、私はそれを台無しにするような行為をしたばかりか、今自分が弱っていくことを喜んでいる。

「……せっかく健康に産んでくれたのにごめんなさい……会ったら謝るからどうか許してね……」

高熱にあえぎながら母に謝ると、『カリーナ』と、暗い部屋のどこかからディーの澄んだ声が聞こえてきた。

私は朦朧とする意識の中視線をさまよわせる。

「……ディー……迎えに来て……くれたの……？」

だけどいくら目を凝らしても、暗闇の中にディーの姿は見えない。

ただ、『カリーナ』『カリーナ』と、励ますように呼びかける声だけが響き続ける。

——ああ、ディー、あなたはいなくなっても心配してくれているの？　あなたを守ることができなかった、情けないこの私を。

早く会って直接謝りたい。

「……今行くから……待ってて……」

大好きな二人に早く会いたい一心でそう呟いたとき、急にバタバタした足音が響き、誰かが扉を開く気配がした。

「カリーナ、大丈夫か！」

呼びかけてきた声を聞いて私は安心する。

良かった、これは夢だ。

だって、ルシアン様がこんな夜中に女子寮の、しかも私の部屋なんかに来るわけがない。

「凄い熱だ。しっかりしろ、カリーナ」

混濁する意識の中、返事をする。

「……もう無理なんです……ルシアン様……憎しみで心が真っ黒に染め抜かれてしまいそうなの……心が醜く濁ってしまうぐらいなら……その前に死にたい……」

「死にたいなんて冗談でも口にしては駄目だ！」

叱りつける声が響いた後、身体を横抱きに持ち上げられる感覚がして――そこで私の意識は完全に途絶えた。

気がつくと、私は果てのない暗闇の中をさまよっていた。

お母様とディーのいる場所へ行きたいのに、進んでも進んでもどこにも辿り着けない。

寂しくて悲しくて泣きそうになる。

『カリーナ』

そのとき、また、ディーが呼ぶ声がして、同時に夢から覚める。

――ああ、良かった。

すべて悪夢だったんだと思いながら、ゆるゆると瞼を上げる。

ところが視界に映ったのは、凝った装飾の見慣れない天井だった。

はっとして手の中に意識を向けると、握っていたはずのものがない。

ギクリとして跳ね起き周りを見回す私に向かって、ベッドの傍らの椅子に座るルシアン様が指さした。

「髪留めなら、君の枕元に置いてある」

私はバッと飛びつくように髪留めを手に取り、胸の前で抱き締める。

それから、このやけに広くて豪華な部屋をぼうっと見回した。

当然、さっきまで私を呼んでいたディーの姿はどこにもない。

ルシアン様は後ろに控えるメイドを振り返って「悪いが少し席を外してくれ」と退出を促し、改めて私に向き直る。

「良かった、カリーナ。なかなか目覚めないから心配で心配で気が変になりそうだった。君は三日も眠っていたんだ」

心からほっとした表情の彼とは反対に、私は絶望で目の前が暗くなる。

——夢ではなく、ディーがいなくなったのは現実。

そしてルシアン様が高熱を出していた私の部屋を訪れたのも。

「……どうして……どうして、放っておいてくれなかったんですか……！」

現実だと認識したとたん、私の口から出たのはお礼ではなく、恨み言だった。

「カリーナ……」

「何で勝手に助けるんですか、私は死にたかったのに！」

両目から大粒の涙がこぼれる。

そんな私を空色の瞳を揺らして見つめ、ルシアン様が懇願する。

「頼むから、死にたいなどと言わないでくれ！」

悲痛な叫びを耳にしながらも、私は暗い怒りに支配されていく。

「どうして生きないといけないんですか？」

「……っ⁉」

「……いつも寄ってたかって悪者にされて、嫌われて……私など、この世にいないほうがいいでしょうに！」

「カリーナ……⁉」

「……ああ、そうだ。聖女の血筋を途絶えさせてはいけないんでしたね？　私には死ぬ自由もないとおっしゃりたいんでしょう？」

「待ってくれ、そうではない、カリーナ。僕が君に生きていてほしいのは、血筋など関係なく、君を愛して、必要としているからだ！」

大きく目を開いて必死な表情で訴えながら、ルシアン様が私の両肩を掴む。

「いやっ、触らないで！」

瞬間、私はパシッとその手を払いのける。

「私の意思を無視して、何が愛よ！」

そう叫んできつく睨むと、ルシアン様がはっとした表情になって身を引いた。

「わかった、カリーナ。もう触らないから、そんなに興奮しないでくれ。病み上がりの身体に障る。どうか、落ち着いて僕の話を聞いてくれ」

そう言いながら両手を上げ、長い睫毛を伏せて静かに語り始める。

「カリーナ、僕の望みなど関係なく、君が生きることは神のご意思だ。なぜなら君が助かったのは、神が知らせてくれたおかげなのだから」

「――どういう意味ですか？」

「君が高熱で倒れた夜、自室で休んでいた僕の耳に不意に『カリーナ』という声が響いてきた。一度ならず、何度も繰り返すことから、僕は危機を察知して、大急ぎで君のもとへ向かったのだ。思い返してみても、その言いようもないほど美しく澄んだ声は、女神イクスのものに違いない」

思いがけないルシアン様の話に私は大きく息を呑む。

それはきっと……ううん、間違いなくディーの声だ。

やはり、私の名前を呼ぶ声が聞こえたのも気のせいじゃなかった。

消えてもなお、ディーの意思は残っていて、私を守ろうとしてくれている。

その事実を認識したとたん、胸の奥が熱くなり、凍っていた心の一部が溶け出すのを感じた。

思わず涙ぐんでいると、ルシアン様が改まったように口を開く。

「あと、もう一つ、大事なことを言わせてほしい。カリーナ、今まで君の話を信じなくてすまなかった。嘘をついていたのは、リリアのほうだった」

「えっ？」

驚いて見る私に、申し訳なさそうに続ける。

「実は、君が寝ている間に髪留めを調べさせてもらったんだ。見覚えがあったので一目で君のものだとわかったよ。創立記念パーティーの夜につけていただろう？」

「……覚えて……いたんですか？」

「君のことならどんな些細(ささい)なことでも一つ残らず覚えている」

切なそうに目を細めてそう言うと、彼はふっと口元に笑みを浮かべた。

「見たところずいぶん古いものなので、彫られている文様を調べてみたら、君の一族の紋章だった。それでリリアのほうが嘘をついているとわかった」

つまり母の形見が私の無実を証明してくれたのだ。

「……一つリリアの嘘を発見してしまうと、今までの発言のすべてが疑わしく思えてね。君が寝ている間、できうる限りの再調査をした。すると様々な事実が判明したんだ」

ルシアン様は繊細な顎に指を絡め、溜め息まじりに説明する。

私はといえば、ずっと待ち望んでいた展開のはずなのに、酷く虚ろな気分だった。

「ここからは言い訳になるが、学園は自治が基本だ。生徒間の問題についても生徒会が調査して対応している。君に関しても入学当初から悪い噂があったことから色々調べていた。僕自身が直接生徒達に聞き取り調査するのはもちろん、生徒会全体で情報収集にあたった。その結果得たのは、君が常に他人を見下した態度で周囲に人を寄せ付けずクラスでも寮でも孤立しているという証言。誰が話しかけても無視して、メイドの世話すら拒んで暴力をふるい部屋から締め出すなど。良くない評判ばかりだった」

「……事実無根です……」

私が静かに否定すると、ルシアン様は以前と違ってしっかりと頷く。

「ああ、わかっている。中庭で生徒達が君を誹謗中傷する様子を見ていたからね……あのとき、自分の認識が間違っていたことに初めて気づかされた。加えて、リリアの嘘を知って、調査自体に不備があったのではないかと大いに疑うようになったんだ。というのも、入学以来、リリアはほぼ毎日生徒会室に入り浸って、生徒会の役員全員と懇意にしていたからね。だから再調査する前に、僕の幼なじみである副会長をはじめ、生徒会のメンバー一人一人とじっくり個別面談することにした」

そういえば中庭でもルシアン様はリリアが生徒会を手伝っていた話をしていた。

「それでわかったのは、社交界の人気者であり顔の広いリリアが、巧みに君を皆の共通の敵として仕立て上げていたこと。そして生徒会のメンバーを含め、学園内の生徒に強い連帯感を持たせていたということだ」

共通の敵という言葉に、中庭で大勢の生徒から私を庇ってくれた小さな背中を思い出す。

たった一人私に味方してくれたディーの姿を。

同時に改めて胸に鋭い喪失の痛みが走った。

「おかげで最初に行った生徒会メンバーによる調査に公平性はなく、リリアの誘導がかなり入ったものになっていた。僕自身が行った聞き取り調査においても、生徒達は一様に口裏を合わせ、真実を語っていた者は一人もいなかった。君を徹底的に悪に仕立てることで、嘘をつくことさえ正当化していたらしい」

それは領地の城にいたときと全く同じ状況だ。

「ただ、今回の再調査で、ようやく君のクラスの男子生徒の一人、ローリー・ハットンが重い口を開いてくれた。陰口と無視をはじめ、机の落書きや、教科書やノートが踏みにじられた話をしてくれたよ。ついでに周りからの圧力に屈して一緒になって君を無視していたことを謝っていた」

ルシアン様が口にしたのは、以前一度だけ挨拶を返してくれた男子生徒の名前だった。

「……カリーナ、今さら謝罪しても遅いかもしれないが、本当に申し訳なかった。僕が完全に間違っていた。まだ再調査は始まったばかりだが、君への深いお詫びの気持ちをこめてすべての真実を暴き出すことをここに誓う。さらに君を虐げた者達には相応の罰を与えることを——リリアについても、とりあえず今は泳がせてあるが絶対に逃しはしない。僕の誇りにかけて必ずや自分の行いの報いを受けさせてみせる！」

ルシアン様は力強く訴えたが、正直私にとっては今さらどうでも良いことに思える。

私の名誉が回復されようと、リリアが罰せられようと、ディーは戻ってこない。

あれほどルシアン様に信じてもらいたいと願い、それがようやく叶ったというのに、胸に広がるのは無力感だけだった。

ディーが死んでしまった今、何をしてももう取り返しはつかない。

そう思うと、すべてが虚しく感じられる。

――その日、ルシアン様は私の体調を気遣い、それ以上の話はしなかった。

一人にしてほしいとお願いすると、素直に部屋から出ていく。

入れ替わるように入室したメイドに確認したところ、私がいるのは学園の敷地内にある貴賓滞在用の別館らしかった。

その後、食事やお菓子を出される。

でも、私は吐き気がして、飲み物以外口にできなかった。

生きる気力も食欲も失い、広く柔らかいベッドの上に力なく横たわったまま、ひたすらディーを思う。

翌日もそうしてぼんやり過ごしていると、メイドが父の来訪を知らせた。

どうやら私に拒否権はないようで、いくらもしないうちに父が扉から入ってくる。

「申し訳ないが、娘と二人きりで話したい」

そう言って入室するなり人払いをした父は、床を踏み鳴らしてベッドに近づき、いきなり私を怒鳴りつけた。

「カリーナ！　お前という娘は私に逆らうためだけに生まれてきたのか？　言いつけを守るどころか、リリアから王太子殿下を寝取るとは！」

別にいたわりの言葉など期待していないし、父の罵声（ばせい）にも慣れている。

私は億劫な気持ちでぼんやり視線を窓辺へ流した。

すると、さらに苛立ちを募らせた父が、私の肩に掴みかかってくる。

「無視してないでなんとか言ってみろ！　あれほどリリアの邪魔をするなと言ったのに、オリバー殿下を拒否した挙げ句、身体を使ってまでルシアン殿下を籠絡するとは！　父親である私に恥をかかせ、嫌がらせするためにそこまでしたのか？」

喚き立てる父に私はゆるゆると瞳を向けた。

母は死ぬまで父を諭し続けていた。

私もいつかわかってくれることを願って、この八年間真実を訴え続けている。

でも、結局、すべて無駄だった。

この人には何を言っても永遠に伝わらない。

もうわかっている。

それでも、母の言葉がこの胸にまだ響いているから……

「私は、そんなことはしていません」

短く、はっきりと否定した。

「この強情娘が！」

とたん、怒りに声を震わせた父が手を振り上げる。

頬を打たれる覚悟をしたとき——

「止めろ、デッカー公爵！」

突然、扉が音を立てて開き、ルシアン様の凛とした声が室内に響き渡る。

瞬間、振り返った父がひゅっと息を呑み込んだ。

「悪いが、話は聞かせてもらった。病み上がりの娘をいたわるどころか、いきなり罵倒するとは！　あなたは親どころか、人としても失格だ！」

「ルシアン殿下っ……!?　そんなっ」

カッカッと靴音高く歩み寄ってきたルシアン様が、激しくうろたえる父の胸ぐらに掴みかかる。

「何が溺愛だ！　カリーナの言っていたことはすべて真実だったのだな。よもや、今までこの僕や、王家をたばかってきたとは！　いいか、デッカー公爵。これからカリーナにしてきた仕打ちを徹底的に調査する。それで、カリーナを虐げてきたのが真実だと証明されたら、公爵家取り潰し程度の処分で済むとは思うなよ」

目の色が変わるほどの怒りように父はすくみ上がり、口をぱくぱくとさせて棒立ちになる。

震え上がって言葉も出ない父の様子を私がぼんやり見つめていると、ルシアン様がはっとしたような表情で指示を飛ばした。

「これ以上カリーナの気分を害するわけにはいかない。デッカー公爵を外に連れてゆけ！」

「はっ」

すぐに、扉の外に控えていたらしいルシアン様の従者が室内に飛び込んできて、父を廊下へ引き連れてゆく。

「……ルシアン殿下っ、どうか、お許しを……！」

虚しい父の叫びが遠ざかり、ルシアン様が改めて私に向き直った。

「ショックを与えてすまなかった。デッカー公爵の君に対する態度をこの目で確認したかったのだ」

私は静かにかぶりを振る。

「いいんです。私のためにしてくださったのでしょうから」

「カリーナ……！」

無表情に返事をしたのが却って憐れを誘ったらしい。

ルシアン様はまるで痛ましいものを見るような目を私に向け、美しい顔を歪めた。

「カリーナ、君は今までずっと実の父親にあんな酷い言葉を投げつけられてきたのだな……そんな君に僕はなんと心ない言葉を返したことか……」

　再会した直後に医務室で交わした会話のことを言っているのだろう。

「ルシアン殿下は何もご存じなかったのだから仕方のないことです」

「いいや、僕は周りの者の話ばかり信じて君本人の訴えを全く聞こうとしなかった、自分のことが許せない。カリーナ、これからは、もう二度と君の言葉を疑ったりしないと誓う。だから、どうか愚かだった僕を許してほしい！」

　自己嫌悪のせいなのかルシアン様の顔は青ざめ、肩が小刻みに震えている。

「……ルシアン殿下……」

「あの日、医務室で君が言った通りだった。どうやらこの世界には僕が想像もしないような悪意が存在するらしい。リリアについてもそうだが、デッカー公爵も、娘の君の無事な顔を一目確認したいとやってきたのだ。まさかあそこまでの憎悪をぶつけてくるとは思わなかった！」

「もういいんです……わかってくださったらそれで……」

　口先だけの言葉だけじゃなく、本当にもうどうでも良いことのように思えた。

　ついに望んでいた通りルシアン様に真実を知ってもらえたというのに、嬉しさが微塵（みじん）も湧いてこない。

「いいや、良くない。僕は君に償(つぐな)わなければならない。そのためにも、リリアが先導した学園でのいじめだけではなく、君を長年に亘(わた)り冷遇してきたデッカー公爵や公爵夫人の罪もしっかり追及し、断罪したい」

決意の滲(にじ)んだ声で言うと、ルシアン様はそこでいったんメイドに指示を出し、飲み物と菓子を持ってこさせた。

「ずいぶん顔が痩(や)せてしまった……できるだけ食べたほうがいい」

「すみません。まだ固形物は受け付けないんです」

すすめられた焼き菓子を断り、私は飲み物に口をつけた。

七年ぶりに飲むショコラショーは、空っぽのお腹(なか)に染み込むような温かさだった。

ルシアン様は心配そうに私の顔を見つめた後、「それでなのだが」と再び話を戻す。

「二人を裁くには、やはり君本人の訴えだけではなく、それを裏付ける第三者の声が必要だ。もちろん僕も先ほどのデッカー公爵の言動を証言するつもりだが、できるだけ多くの証人を揃えたい」

私は悲観的な気分で俯(うつむ)いた。

「それは厳しいかもしれません。食事について偏食を理由にしたように、義母は人前では私への待遇をすべて我儘(わがまま)と虚言癖(きょげんへき)に結びつけて正当化していましたから」

ついでに公爵家の使用人が義母に忠実な者でしめられていることも補足する。

ルシアン様は彫刻のように整った顔に物憂げな表情を浮かべた。

「それはわかっている。これまでもおもに君の健康状態を確認するために、定期的に宮廷から人をやっていたからね。もちろん、デッカー公爵夫妻に話を聞くだけではなく、その裏取りとして密かに使用人にも聞き取り調査を行ってきた。しかし、皆、夫妻と一致する証言しかしてこなかったんだ」

私はルシアン様が言った『調査』という語句から、かつて公爵家に仕えていたメイドのエリスの言葉を思い出す。

彼女は信心深く、義母の私への態度に憤っていた。

『聖女の末裔であるあなた様を軽んじるなど許されるわけがございません。私が宮廷の使いの者にその旨をご報告いたしますので、どうか信じてお待ちください』

ところが、彼女はその発言直後にいなくなり、いくら待っても私の置かれている状況は改善されなかった。

「それもすべてこちらの手落ちだ。使用人への聞き取りだけでは足りなかった。君本人に話を聞くのは当然として、公爵家に監視員を常駐させるべきだった。僕の管理下ではなかったとはいえ、至らなかったことを深くお詫びしたい。申し訳なかった、カリーナ」

「ルシアン殿下の責任ではありません。それよりも……」

私はさっそくエリスの名前を口にする。

すると、ルシアン様は目に見えて顔を曇らせた。

「エリス……確かその名を報告書で見た記憶がある。公爵家から急に姿を消し、その後も行方不明のままというので印象に残っていたんだ。彼女の行方についても再調査しなければな」

「行方不明ですか？」

クビにしたと義母が言っていたのを信じていたのに、事実は違ったらしい。

もしも私のために動こうとしたことで、エリスの身に何か不幸が起こったのだとしたら？

悪い想像をした私は思わず身震いした。

それを見たルシアン様が何を勘違いしたのか、私の手を取って深く頷きかける。

「大丈夫だカリーナ。宮廷には尋問官もいる。神殿裁判所に送る前の準備として、デッカー公爵夫妻を筆頭に、公爵家の使用人を一人一人宮廷に呼びつける予定だ。必ず真実を白日の下に晒すので、安心してほしい。何よりカリーナ、君には女神イクスのご加護がある」

最後に私の手をしっかり握りしめると、立ち上がった。

「さて、疲れただろう、カリーナ。今日の話はこれぐらいにしよう。また明日顔を見に来る」

実際、病み上がりの私の身体には結構な負担だったらしく、ルシアン様が部屋を出ていった後は脱力感で動けなくなった。

気が抜けたのと、食事を取っていないので体力がないのだろう。

いっそ、このましぼむように世界から消えてゆけたらいいのに。

ベッドに横たわり、無気力にそう思ったとき――

『カリーナ』

またディーの声が耳に響く。

まるで私の心が暗いところに落ち込むのを必死に止まらせようとするように。

『カリーナ』

その声は私が眠りにつくまでずっと続いた。


翌日の正午。

ルシアン様はまた部屋にやってきた。

「一緒に昼食を取りながら話そうと思ってね」

そう言いながらベッドに近づき、最初に一冊の本を差し出す。

「現在、公爵家の関係者に話を聞いて回っているのだが、昨日配下が君の乳母を訪ねた際に事情を説明したところ、この本を渡されたそうだ。きっと君の励みになるはずだと」

本を受け取った私は、懐かしい思いで表紙を眺める。

それは幼い頃、繰り返し母や乳母に読んでもらっていた『聖女セリーナ伝』だった。

ルシアン様はベッドのそばの椅子に腰かけると、深刻な表情で私の顔を見つめる。

「今朝も飲み物しか口にしなかったそうだね。貧血が酷いと医者から聞いている」

目覚めて以降、私は朝晩、宮廷医の診察を受けていた。

「……胃がむかむかして、食べられそうにないんです……」

お腹を押さえて、ベッドテーブルの上に置かれた昼食に目を落とす。

「野菜をすり潰したスープや麦がゆすら駄目なのか？」

「……果物を搾ったものなら、大丈夫なのですが……」

「それだけでは栄養が足りないのではないか？　まるで死人みたいな顔をしている」

わざわざルシアン様に指摘されるまでもなく、メイドに髪を梳いてもらう際に毎日鏡で見ているので知っていた。

今の私は青白い幽鬼のような顔をしている。

　このまま順調に痩せ細ってゆけば、早晩、私の見た目だけが好きなルシアン様は興味をなくすに違いない。

　それならそれで、いっそ楽になれる気がした。

　今日も無気力そのものの私に、ルシアン様が空色の瞳をまっすぐ向けて熱く語る。

「カリーナ、もう誰にも君を傷つけさせないから、どうか元気を出してほしい。今後は王家が君の庇護者となり、公爵家と直接関わらないで済むように常に僕が間に立つと約束する。学園の生徒達についても、すでに全校集会で周知してあるので安心していい。君の陰口を言うことすら厳罰対象だとね。まあ、その前に、聖女である君に対し、罰当たりな言葉は誰も言えないと思うが」

　唐突なルシアン様からの聖女認定に、私の思考は一瞬停止した。

「──私が、聖女？」

「ああ、なにしろ今や学園中が君が示した奇跡の力の話題で持ちきりだからね」

　笑顔で言う彼に対し、私は焦って否定する。

「待ってください！　中庭で噴水の水を降らせたことを言っているなら、あれは私がしたことではありません」

「いいや、カリーナ。状況的にそうとしか考えられない。君が周囲から糾弾されるのにあわせて噴き上がっていた水だけではなく、溜まっていた水までもが空に上がり、弾けるように中庭中に降り注いだ。噴水の装置の故障では説明がつかないし、自然法則的にも有り得ない」

「だとしても、私には何の力もありません！」

何もできないからこそ、ディーは私を守ろうとして死んだのだ。

しかし、それを説明するのは、今の私の精神状態では辛すぎた。

思わず泣きそうになって唇を噛みしめる私に、ルシアン様がさらに畳みかけてくる。

「聞いてくれ、カリーナ。今王国は、いやこのフレンシア大陸は、長い歴史上最大とも呼べる未曾有の脅威に晒されている。東の大陸に突如現れた火の神の加護を受け、かつ火の大精霊を従えた苛烈な皇帝が、今にも侵攻の魔の手を伸ばそうと狙っているのだ。それに唯一対抗できるのは水の女神イクスの加護を受けた者。つまり聖女である君がこのタイミングで世に現れたのは必然だろう。君こそが女神イクスによる大陸への救済措置、救い手なのだ」

いきなりの壮大な話に全く頭がついてゆかず、私はただ強い拒否感のみを覚える。

「止めてください。勝手にそんな大きな期待をかけられても困ります。だいたいこんな私が聖女だなんて有り得ません！」

叫んだ瞬間、たった一人の友達さえ守れなかった自分の無力さが再び蘇り、堪えていた涙が一気に両目からこぼれ出た。

ルシアン様が大きく息を呑み、後悔したように言う。

「カリーナ、すまなかった。泣かないでくれ。つい熱くなってしまった。この話は今の君には早すぎた。全面的に僕が悪かった」

今さらそう言われても遅い。

ディーを失った絶望と悲しみで今にも胸が張り裂けそうだった。

「……一人にしてください……」

どうにか声を絞り出して言うと、ルシアン様はすぐに応じて立ち上がる。

「ああ、わかった、カリーナ」

そして食べかけの自分のぶんの昼食を持って、「本当にすまなかった」と最後に一言謝り、部屋を出ていった。

一人になった私はさっそく声を上げて泣き始める。

私にもっと力があったら、ディーを死なせずに済んだのに。

ディーは助けてくれたのに、私は心配をかけるだけで、何一つ返せなかった。

「ごめんなさい、ごめんなさい」

悔しさと後悔が涙と共に溢れて、止まらない。

そうしてベッドに伏せって泣きじゃくっていると、またディーの声が聞こえてくる。

『カリーナ』

そのいつにも増して悲しげな響きに、私は胸をつかれる。

——そうだ、ディーはいつだって、私の気持ちを誰よりもわかってくれた。私の感情が伝わって、私が笑うとディーも笑い、私が悲しむとディーも悲しんだ。

なんてことだろう。

私はディーを救えなかった上に、こうして毎日悲嘆にくれ衰弱してゆくことで、今も悲しませている。

そう気づいて愕然と見開いた目に、今しがた渡された本が映った。

『ねぇ、お母様、聖女セリーナはなぜ皆に優しくできたの？』

『どういうこと？』

『だって戦争に遭って、家族を失って、たくさん人に裏切られて、死にそうな目に何度も遭ったのでしょう？』

幼い私の疑問に母は優しく答える。

『ねぇ、カリーナ。私は思うの。幸せで恵まれた人間が綺麗な心を保ち、他人に優しくするのは容易なこと。でも、聖女セリーナのように、辛い境遇で多くの苦難に遭いながら、気高く美しい心と他人への優しさを失なわずにいるのは、とても難しい。だからこそ彼女は尊い存在であり、それこそが真の強さなのよ』

母の言葉を思い出すと同時に、今の自分と比べて私は恥ずかしくなった。

しかも、聖女セリーナと違って私は一人じゃない。

消えてもなおディーがそばについていてくれる。

それに悲しませているのはディーだけではない。

誰よりも私の健康と幸せを願っていたお母様も、天から見守りながらきっと心を痛めている。

大切な二人にこれ以上心配をかけたくない。

そう強く感じたとたん、私の中に再び生きる気力が湧いてくる。

早く回復して二人を安心させたい。

私は手始めとしてスプーンを手に取り、野菜スープを飲み始めた。

不思議なことにずっと感じていた吐き気が消え、一皿飲み干すことができる。

それから残りの昼食も時間をかけて完食し、久しぶりにお腹が満たされた私は、深い眠りに落ちた。

そうしてたっぷり寝て目覚め、悩んだ末に「元気になるまで放っておいてほしい」と、メイドを通してルシアン様に伝える。

翌日。私の意向を汲んで本人は顔を出さず、ルシアン様からの手紙だけが届けられた。

内容は、昨日のお詫び(わ)びと、被害者である私本人からも学園や公爵家で受けた具体的な被害内容を確認しておきたい。手紙でも良いので、できるだけ詳細に教えてほしいというものだった。

『もちろん、カリーナの負担にならない程度。体調が良いときに少しずつ書いて送ってくれればいい』

最後の部分にそう書いてあったので、その言葉に甘えることにする。

精神と体調の回復を優先し、無理せず毎日ごく短い手紙を書いた。

それに対するルシアン様の返事は、毎回物凄(ものすご)く長い。

文面は、調査の進行状況などの簡潔な報告に始まり、その日起こった出来事やそれに対する感想などの、彼の日常的なもの。そして決まって長々と『早くカリーナの顔が見たい』『毎日君の夢ばかり見る』などといった私への恋情がつづられていた。

けれど、ずっと慕っていた初恋の相手から寄せられる熱く甘い言葉の数々なのに、不思議なほど胸がときめかない。

逆に困った気持ちになる。

だから、あえてルシアン様の私への個人的感情については触れず、伝えておく必要のあることだけを返信した。

特に、大事なこと。中庭が天上界と繋がる聖域であり、白くて可憐(かれん)な天上の花が咲くことを真っ先に書く。

貴重な花が二度と抜かれたりしないようにしたい。

さらに、その話に絡め、ゆっくりと、何通かに分けて、ディーのことを伝えた。

そんなふうに、ルシアン様とは手紙だけのやり取りになって、メイドと医者以外には会わない日々を何日も送る。

毎日心穏やかに過ごせ、しっかり食事と睡眠をとるようになったおかげで、驚くほど短期間で体力が戻っていった。

そして意識を取り戻してから一週間目の朝。

健康に産んでくれた母に感謝しつつ、私は久しぶりに学園に行くために制服に袖を通した。

第六章　暗殺事件

登校再開については前もって手紙でルシアン様に伝えてあった。

だから別館の玄関ホールにある階段を下りていくと、当然のようにルシアン様が待ち構えている。

「お久しぶりです、ルシアン殿下」

私が笑顔で挨拶すると、彼は端整な顔を笑み崩す。

「カリーナ、数日会わないうちに本当に元気になったのだな。顔色もいいし頬もふっくらして、唇はまるで咲き初めの薔薇の花弁のようだ」

「はい、おかげさまですっかり元気になりました」

微笑で応えた私に、眩しいものを見るように空色の瞳を向ける。

「今日のカリーナは輝くほどに美しい。髪留めもとてもよく似合っている」

「ありがとうございます」

一応お礼を言い、私は一番気になることを質問する。

「ところで、昨日の手紙は読んでいただけましたでしょうか？」

登校すればもう手紙のやり取りも終了ということで、最も辛い中庭での事件について書いたのだ。

「ああ、もちろん。いつものように受け取ってすぐ内容を確認し、その後も何度か、さらに寝る前にもじっくり読み返した。オリバーが天上の花を踏みにじり、君の大切な精霊が亡くなったという内容だったね」

「はい、そうです」

「本当に、僕の監視が行き届かず、君に辛い思いをさせてすまなかった。さすがにオリバーの行いは目に余るので、卒業を待たずに神殿騎士団入りさせ、勤める年数も追加の方向で父に進言するつもりだ。本人にも昨夜そう伝えてある」

「ありがとうございます」

いったんお礼を挟み、一番大事な部分を確かめる。

「あと確認なのですが、一昨日の手紙に書いた、噴水の水を操ったのは私ではなく精霊のディーだという部分もしっかり読んでいただけているんですよね？　返信の手紙ではそれに触れていなかったので心配で……」

昨日の手紙はほぼ私への恋文だった。

「当然読んだとも。君がくれた手紙は毎回十回以上読み返している」

「では、私が聖女ではないこともわかっていただけたんですね？」

期待をこめて訊くと、ルシアン様は即座に首を横に振る。

「まさか、その逆だ。精霊が見える上に使役できる君は、聖女セリーナをも超える力を持つ大聖女だと僕には思える。いずれ、水の大精霊まで呼び出せるかもしれない」

火の大精霊を従える皇帝の脅威からか、どうあっても私が聖女であると思いたいらしい。

脱力する私に、ルシアン様が思い出したように言う。

「それはそうと、来週の公爵夫妻の裁判に先んじて、いよいよ今週末の全校集会で君へのいじめ問題の調査報告と審議を行うと決定した」

「全校集会でですか？」

「ああ、学園全体が深刻に捉えるべき大問題だからね。そこでいじめに関わった者全員とリリアの処分を発表する予定だ」

「全員ですか？」

「そうだ。君の協力もあって、すでに生徒会はいじめの全容を掴んでいる。前回の失敗の反省を活かし、生徒会が総力をあげて調査にあたり、さらに減刑を条件にリリアに近しい者をかなりこちら側に引き込んだからね。あとは公爵家の使用人を尋問して得た証言と照らして、リリアの流した君への噂の矛盾点を挙げれば、本人も言い逃れできないだろう。髪留めのこともあわせてね」

得意げな顔でルシアン様は説明するが、リリア以外の生徒達まで全校集会で吊るし上げるのはやりすぎな気がした。

何より、多くの人の恨みを買いそうな行為に思える。

これは、今週末までに考えをまとめてルシアン様に意見したほうがいいかもしれない。

そんなことを考えているうちに学園へ到着し、廊下でルシアン様と別れた私は、教室へ向かう。

久しぶりの緊張の瞬間だった。

深呼吸してから、思い切って扉を開き、笑顔で挨拶する。

「おはようございます」

すると──

「「おはようございます、カリーナ様」」

驚くことに、今日は教室中の生徒がいっせいにこちらを見て挨拶を返してくれた。

いつも見向きもされなかった私は、慣れない反応に驚きながらクラスメイト達を見回し、すぐに気づく。

どの顔も一様に硬く張りついたような笑みを浮かべている。目が泳いでいる者も多かった。

これは私への印象が良くなったというより、単にルシアン様の脅しが効いているだけに違いない。

唯一、私のために証言してくれたという男子生徒、ローリー・ハットンだけが気さくな笑顔を向けてくる。

「元気になられたようで良かった。カリーナ様。一週間以上も休んでいるから心配していた」

「は、はい、ありがとうございます」

初めてクラスメイトに声をかけられた私は思わず舞い上がり、言葉がつっかえてしまう。

しかし、周囲から笑いは起こらず、逆に静まり返った。

いずれにしても注目されている状態なのは同じらしいので、ここでお礼を言うと目立つ。後でこっそり話しかけよう。

そう思って迎えた昼休み。

私は廊下へ一人で出た彼の背中を追いかけた。

「あの、すみません。ローリーさん」

呼びかけると、ローリーさんは癖のない亜麻色の髪を揺らして振り返る。

「カリーナ様。何でしょう？」

私は彼の緑色の瞳を見上げ、他人に聞こえないように小声でお礼を言う。

「あっ、あの、一言お礼を申し上げたくて。クラスで受けた嫌がらせの件で、私のために証言してくださってありがとうございます」

恥ずかしいことに人慣れしてないせいで、また言葉がうまく出てこない。

「いや、お礼を言われるどころか、謝らないといけない立場だ」

「そ、そんなことはありません。あなたがいたおかげで助かりました」

ローリーさんは中性的な顔にふっと笑みを浮かべる。

「教室内の雰囲気が様変わりしていただろう？　俺も含め、クラス全員が処分待ちで、緊張状態だ。皆どんな罰を受けるかと怯えている。ルシアン殿下はとにかく厳しい人だからね——と、噂をすれば影だ」

「カリーナ」

背後からすっかり聞き慣れた声が響いてきた。

ほどなくそばまでやってきたルシアン様は、片眉を上げてローリーさんの顔を一瞥してから、私の顔を見下ろす。

「一緒にお昼を食べよう。王宮から君のぶんの食事も届いている」

「じゃあ、俺はこれで」

軽く会釈してローリーさんが去っていく。

もっと話してみたかったと、少し残念な気持ちで見送っていると、入れ代わるように廊下の角から意外な二人の人物が姿を現す。

「やあ、兄さん」

「カリーナお姉様」

なんと連れ立って歩いてきたのは、オリバー殿下とリリアだった。

思わず固まる私の前にルシアン様がさっと出て背で庇いながら、きつい口調で問う。

「オリバー、お前、寮ではなくなぜここにいる？　鉄格子のないところでは謹慎できないのか？」

「そんな言い方、止めてくれよ、兄さん。カリーナが登校していると聞いて、急いで謝りに来たんだ」

ルシアン様は美しい眉をひそめ、皮肉げに吐き捨てる。

「いくら謝ろうと父上への報告を思いとどまったりはしないからな」

「もちろんわかっているし、覚悟もできている。昨日兄さんに言われて、俺は心底反省したんだ。まさか自分が踏み潰したのが精霊が宿る天上の花だなんて夢にも思わなかった。そのせいでカリーナを深く傷つけたことについても、いくら悔やんでも悔やみきれない」

そこでリリアがツインテールの髪を振ってルシアン様の前に飛び出し、訴えた。

「ルシアン殿下、お願いです！　どうかオリバー殿下に謝る機会をあげてください。そしてなぜお姉様にあんなことをしてしまったのか、理由を聞いてあげてほしいのです！」

「ありがとうリリア」と、オリバー殿下は応援に勇気を得たようにいっそう声を張り上げる。

「もちろん謝ったところで許されないのはわかっている！　でも残りわずかの学園生活だ。せめて心残りなく神殿騎士団入りをしたいんだ！」

とてもオリバー殿下の口から出たとは思えない殊勝な台詞。当然、今までのことがあるので私には素直に信じられない。

ルシアン様も疑わしそうな目を向ける。

「だったら、さっさと始めたらどうだ？」

促されたオリバー殿下は、生徒が行き交う廊下を見回しながら、おずおずと言った。

「その前に、もっとゆっくり話せる場所へ移動してもいいか？　どうせなら何もかも洗いざらい打ち明けたいと思う」

「……確かにここで長話をするのは迷惑になるな」

ルシアン様が頷くのに合わせ、オリバー殿下が思い切ったように切り出す。

「できたら中庭で、イクス神が見ている前でカリーナに懺悔したい。それと、最後の学園生活の思い出として、四人で一緒に昼食を取れたらどんなに幸せかと思う」

言いながら片手に持った籠を上げて見せた。

「お願い、ルシアン殿下、カリーナお姉様。オリバー殿下の最後の望みを叶えてあげて！」

リリアも胸の前で両手を組み合わせ、祈るようにルシアン様の顔を見上げる。

この段階になってようやくルシアン様が私を振り返った。

「オリバーはこう言っているが、カリーナはいいか？」

確認された私はといえば、虫酸が走る思いだった。

いいも悪いもない。顔を見るのも嫌な二人だ。お昼を一緒に食べるなんて冗談じゃない。

それにどうせリリアのこと。また何かをたくらんでいるに違いない。

端からそう決めつけ、断ろうと口を開きかけたとき、最近改めて読み返した『聖女セリーナ伝』の内容が頭に浮かぶ。

『何度裏切られても、聖女セリーナは人を信じる心を失わなかった』

『過ちを犯した者にも更生の機会を与えた』

『慈悲深い心で自分を害した者さえ許した』

そんな聖女セリーナのように心の広い人間になってほしいから、母は何度も私に伝記を読み聞かせたのではないか？

にもかかわらず、人に謝罪する機会も与えないのは、その望みとは逆の行為。母の娘としても、聖女の末裔としても、心が狭すぎる気がする。

それに、冷静になって考えてみると、ルシアン様がいる以上、二人は私に何もできない。被害を受ける可能性はほぼないのだから、許すか許せないかは別として、最後に話くらい聞いてあげるべきでは？

そう思い直した私は、ゆっくりと首を縦に振った。

「わかりました。中庭へ行って話を聞きましょう」

久しぶりの中庭は、水難騒ぎがあったせいか、かつてと違って生徒の姿がまばらだった。

到着するなりオリバー殿下の従者らしき人が素早く前に出て、木陰の芝生の上に大きな敷物を広げる。その上にルシアン様と私、オリバー殿下とリリアが隣同士に並び、二対二で向かい合って座った。

次に昼食の籠を持ったルシアン殿下の従者が進み出ると、すかさずリリアが軽く腰を浮かせ、気を利かせてさっと手を出す。

「私が並べますわ」

そうして私達の間に三つの籠と、リリアが持参したサンドイッチと飲み物が置かれる。

王宮から届いた昼食入りの籠は三つとも外見が同じで見分けがつかなかった。

その蓋を、頼まれもしないのにリリアが引き続き開いてゆく。すると、仕切られて入っている料理と飲み物が現れた。

見たところ私のぶんだけが消化の良さそうな食べ物になっていて、他の二つには全く同じ料理が並んでいる。個人の嗜好に合わせるのではなく、栄養を考えた日替わりメニューなのかもしれない。飲み物の入っている銀製の水筒は三つ共通していた。

籠の蓋をすべて開き終わったリリアが下がり、オリバー殿下が籠の一つを手元に引き寄せる。

続いてルシアン様が、「ほら、カリーナ」と向かって左端の籠を持ち上げ、私の前に置いてくれた。

「ありがとうございます」

お礼を言ってから、私は改めて他の三人の顔を見回す。

まさかこの四人で一緒にお昼を食べる日が来るとは夢にも思わなかった。

何より私にはリリアの神経が信じられない。

当然、公爵家に調査が入っていることは知らされているだろうし、自分が調べられていることに気がつかないような彼女ではない。

にもかかわらず、それをおくびにも出さず、いつもの虫も殺さぬような顔でちょこんと敷物に座っている。

その強心臓に内心、恐怖すら覚えつつ、私はイクス神に向かって両手を組み合わせ、目を瞑った。

私が食前の祈りを終えるのを待ち、ルシアン様が弟に水を向ける。

「では、オリバー、話を聞こうか？」

「ああ」

オリバー殿下は重く頷くと、改めて私に向き直った。

「まずは最初に謝らせてくれ、カリーナ。あの花はお前を守っていた精霊の本体だったんだな。そうとは知らずに粉々に破壊してしまって申し訳なかった。最低十年は神殿騎士団入りをして償いたいと思う」

神妙な表情で言うと、ぱっと片手で胸を押さえ、身を乗り出す。

「その上で聞いてくれ。俺の行動はすべて嫉妬のせいだったのだ！」

唐突な告白に続き、オリバー殿下は苦しい胸の内とやらを語り始める。

いわく、自分で婚約破棄を言い出しておきながら、ルシアン様と私が夜遅くに密会していた事実を知り、激しいショックを受けた。そして、自分がどんなに私に惹かれていたかを自覚した、と。

「それからはひたすら後悔に苛まれる日々だった！」

赤毛を振り乱してオリバー殿下が語る中、ルシアン様が残った籠を自分の前に引き寄せ、昼食を取り始める。

私も用意されている食事の量が多いのもあって、ルシアン様にならって食べながら聞くことにした。

一方、さらにオリバー殿下が切々と語った内容によると、深い仲だと言われる私達が抱き合う様を想像し、連日眠れない夜を過ごしたらしい。やがてそれが妄想と幻聴に発展したところで、ようやく中庭での事件に繋がった。

「そういうわけでカリーナの姿を中庭で発見したとき、俺は完全に正気を失っていた。

愛憎で目が眩み、少しでも俺の苦しみをお前にわからせたくてあんなことをしてしまったのだ！」

芝居がかったオリバー殿下の台詞に、リリアが大げさに同意する。

「わかります！　オリバー殿下。私も同じ気持ちでしたから。ルシアン殿下とカリーナお姉様の仲に嫉妬するあまり、ここ最近ずっと頭がおかしくなっていました！」

ルシアン様はいったん食事の手を止め、二人に同情を示した。

「確かにお前やリリアの気持ちを考えもせず、急速にカリーナとの距離を縮めた僕も悪かった」

反省したように言うと、水筒を掴んで蓋を開き、憂いを帯びた表情で水面をじっと見つめる。

釣られて私も水筒を手に取り、一口飲んだ。甘酸っぱいぶどうの味が口の中に広がり、幸せな気分になる。

そのとき、ルシアン様が私に目を向けた。

「カリーナ、今の話を聞いて少しはオリバーのことを許せるだろうか？」

私は少し考えてから、正直に胸の内を明かす。

「はっきり申し上げて、どんな理由を説明されたところで許せるわけがありません。あの天上の花に宿っていた精霊は、私にとって自分の命よりも大切な存在でしたから」

いったんそう切り捨てた後、「ただ」と付け加える。

「オリバー殿下には神殿の騎士としてイクス神に仕えることで、しっかりと悔い改めていただきたいとは思います」

「そうだな、カリーナの言う通り、これからの行動で反省を示してゆくしかない。それが唯一お前ができる罪滅ぼしだ」

ルシアン様は諭すように言うと、一息ついて水筒を呷り、ごくごくと喉を鳴らして飲んでから、敷物の上に戻した。

そして、再び昼食を食べ始める。

「うっ……!?」

ところが、ルシアン様は急にうめいて胸を押さえ、苦しみ出した。

「ルシアン殿下、どうされたんですか？」

私は前向きに倒れかかるルシアン様の身体を横から支える。

焦って顔を覗き込んだところ、顔面蒼白で喉をひくつかせ、うまく息が吸えないようだった。

同時に、リリアが、「きゃあっ！」と悲鳴を上げて立ち上がり、私に向かって指を突き立てる。

「まさかカリーナお姉様っ、ルシアン殿下に毒を盛ったの……!?」

甲高（かんだか）いその声を合図にして、まるで事前に打ち合わせていたみたいに、中庭にいた生徒達がいっせいに集まってくる。

不穏な空気を感じ取ったらしいルシアン様が、息も絶え絶えに言う。

「待て、違う、カリーナは、何もしていない……！」

「そんなわけないわ、ルシアン殿下は飲み物を口にされたとたん苦しみ出したもの！　私が籠（かご）を開いた時点では水筒の蓋（ふた）は完全に閉まっていたし、王宮から届く料理はすべて毒味済みよ。すぐ近くにいたカリーナお姉様にしか毒を入れる機会はないわ！」

「カリーナ、貴様っ、この悪魔がっ！」

リリアの主張を受けてオリバー殿下が吠えるように叫び、私に掴みかかってきた。

その手をルシアン様が残った力を振り絞るように払いのけ、上から私を抱き締めて庇（かば）う。

「止（や）めろ、カリーナは、そんなことは絶対にしない……！」

そこで、いよいよ意識が遠のいたらしい。

「カリーナ、たとえ、世界中の人間が疑っても、僕は君を信じる……！」

最後にそう言い残すと、がっくりと脱力して動かなくなった。

そんなルシアン様を私は抱き止める。

「ルシアン殿下、しっかりしてください！　お願いですから、目を開けてください！」

必死に呼びかけながらも、混乱と絶望にめまいがして、涙が溢れてきた。

このままではルシアン様が死んでしまう。

想像するだけで心臓が凍った私は、夢中でイクス神像に向かって助けを求める。

「ルシアン様を助けて！　イクス様っ!!」

そう叫んだ一瞬後――まるで願いが受け付けられたように噴水の一部が発光し始めたような気がした。

しかし、すぐに周りを取り囲む人垣に隠れて見えなくなる。

「何が聖女だ。この罪人を皆で引き立てろ！」

オリバー殿下のかけ声に合わせ、男子生徒達が私めがけ、いっせいに飛びかかってきた。

まさに絶体絶命のその瞬間。

突如、ざばぁぁあっという音と共に大量の水が空中から噴き出し、渦巻き（うずまき）ながら盛大に彼らを撥ね飛ば（はねとば）す。

同時に、目の前に青白く発光する背中が現れ、私は衝撃に固まった。

なぜなら、私を庇うように立っていたのが人間大の精霊だったから。

そして――

「カリーナ、お待たせ」

そう言って振り返った顔は、八年前に孤独な私を見つけてくれた少年とうり二つ。

彼を目にしたとたん、両目から大量の涙が溢れ、視界が曇る。

等身が高くなり、成長して顔つきも変わっていた。

でも、どんなに姿が変わっていても、間違いようがない。

「ディー！」

唯一の味方であるルシアン様が倒れ、大勢の敵に取り囲まれた状況。そんな中に駆けつけてくれたのは、私のたった一人の親友だった。

「……生きて……生きていたの……！」

喉を詰まらせながら問いかける私に、ディーは力強く指示を飛ばす。

「カリーナ、話は後だ。僕が周囲を水の壁で遮断しているから、君は早く彼を癒やして！」

「……癒やす？　私が？」

「そうだ。祈りによって僕の誕生を促し呼び出した、不世出の聖女の君なら彼の毒を中和できる」

「私が聖女？」

とまどって質問する私を、ディーが急き立てる。

「さあ、彼の胸に手を当てて、深く集中して！」

「……わかったわ！」

そうだ、今は一刻を争う。考えたり迷ったりしている場合ではない。

――ルシアン様をお助けしなければ。

頭を切り替えた私は、ディーが水を旋回させて造る円錐形の安全地帯の中の芝生にルシアン様を横たえた。

そしてその胸に手をかざし、一心に祈る。

聖女セリーナは毒をも中和する浄化能力を持っていた。

私がもし聖女だというなら、どうか、この手に奇跡の力を！

強い思いをこめて、右手に意識を集中する。

すると、見る間に手元が輝き出し、そこからまばゆい光がルシアン様の胸に吸い込まれていく。

ほどなく土気色に近かった彼の顔色に血色が戻り、呼吸もゆっくり穏やかになった。

――良かった！　ルシアン様を助けられた。

ほっとして嬉し涙がこぼれ、ルシアン様の顔にぽたぽた落ちる。

「ディー、ありがとう。ルシアン様はもう大丈夫みたい」

「そうか、良かった」

笑顔の報告に弾んだ声を返し、ディーが前方に突き出していた両手をすっと引っ込める。

それに合わせて私達を中心に回っていた膨大な水が弾けるように落下し、地面をどうっと流れていった。

開けた視界に見えたのは、水浸しの地面を転がるように逃げてゆく生徒達の姿。そして離れた位置に立って呆然（ぼうぜん）とこちらを見ている、ずぶ濡れのリリアとオリバー殿下だった。

一見したところ、誰ももう私に手出しをする気はないみたいだ。

私は改めてディーに向き直る。

胸がいっぱいでなかなか言葉が出てこない。

「……てっきり、あなたは死んだものだと……」

ようやく声を絞り出すと、背丈も含め九歳の頃のルシアン様にそっくりなディーが、綺麗な顔にいたずらっぽい笑みを受かべる。

「実際、僕は死にかけてたからね」

「そうなの？　やっぱり花が？」

「僕と花は関係ないよ」

「えっ、天上の花と関係ない？」

「うん、僕はカリーナの祈りが天上界の女神イクスが住まう宮殿の庭にある『生命の泉』に届いたことによって生まれた、水の精霊だからね」

そう言いながら、ディーはくるりと一回転してみせた。

合わせて一枚布で作られた美しく軽やかな膝丈のローブの裾が広がり揺れる。

服も身体と同じで実体がないので少し不思議な感じがした。

なおも混乱する私に向かって、ディーは解説する。

「僕の存在が消滅しそうになったのは、限界を超える力を使ってしまったせい。君を責め立てる声に腹が立つあまり制御できず、生命力まで使い果たしてしまった。結果、今にも消えてなくなりそうな僕を、女神イクスが天上界に呼び戻してくださったのさ」

もしかしなくても、それはディーの周りが光った後、沈んで見えなくなったときのことだろう。

「それで、もう、大丈夫なの？」

「うん、ずっと天上界で君の姿を見ながら、繭に包まれて回復していたからね。できればもう少し成長してから来たかったけど、君が窮地に陥っていたので、無理やり殻を破って出てきたんだ」

「……すっかり言葉が話せるようになったのね」

そのことが特に嬉しくてたまらない。

「それだけじゃないよ」

ディーがもったいぶったように言って、私は勝手に察する。

「うん、見ていたわ。凄く力が増したのね」

以前は水を操るだけだったのに、今回のディーは何もない空間から大量の水を生み出していた。

しかし、ディーはふふんと笑う。

「それよりも大事な能力を得たんだ」

「大事な能力？」

そこでディーは口で言うより早いというように「見てて」と断りを入れ、胸の前で腕を組んで全身を強く発光させる。

私はあまりの眩しさに反射的に目を閉じ、再び開く。

　すると、目の前に立っていたのは、濡れたような艶やかな青銀色の髪と、同色の長い睫毛に縁取られた澄んだサファイアブルーの瞳、雪花石膏のような白くなめらかな肌をした、輝くばかりの絶世の美少年だった。

「ディー！」

　いつもの青白い発光体ではなく、完全に人の形を取っているディーに、私は恐る恐る手を伸ばす。

　いつもなら指が素通りするのに、今日は違った。

「うそ、触れる！」

　驚きの声を上げる私に、ディーが得意げな微笑を向ける。

「だってカリーナが触れ合えたらいいのにって言ってたから、願いを叶えてあげたかったんだ。だけど僕は生命の泉の力でしか成長できないし、この噴水から漏れている泉の気だけだと実体化ができるまで育つのに物凄く時間がかかる。だから、一度天上界に戻ろうかと悩んでいたら、はからずもその機会を得たんだ」

　そういえばディーが大きくなったタイミングは、いつも噴水のそばに行った直後だった。

　――じゃあディーが元気がないように見えたのも悩んでいただけだったの？

とにかく、会話できるようになった上に触れ合えるだなんて、夢みたい。

私は感動の思いでディーを見つめる。

「ルシアン殿下！」

そこへ、遅まきながらルシアン様とオリバー殿下の従者が駆けつけてきた。

「申し訳ございません。王宮からの重要な知らせだと呼ばれて、少し席を外しておりました。いったい何が起こったのでしょうか？」

リリアとオリバー殿下を含め、中庭にいた生徒達はとっくにどこかに逃げ去っている。

慌てふためき青ざめるルシアン様の従者に、私はとりあえずお願いした。

「ルシアン殿下を医務室に運んでくださいませんか？　事情は向かいながらお話ししますので」

それに応えて二人がかりでルシアン様を抱えて運ぶ二人に付き従い、ディーと手を繋いで歩き出す。

医務室に向かう間、通りがかりに会う誰も彼もが、天上生まれの浮世離れしたディーの美貌と可愛らしさに驚きの表情を浮かべている。

実体化したので他の人にも姿が見えるらしい。

私はといえば、ただディーが隣にいるのが嬉しくて、災難に遭ったばかりだというのについ笑顔になってしまう。

ディーも心から再会を喜んでくれているみたいで、何度も目を合わせながら上機嫌に笑いかけてくれた。

これからはこうしてまたずっと一緒なんだ。

ディーの手の温もりを感じながらそう思うと、幸せすぎてめまいを覚えるほどだった。


ほどなく医務室で目覚めたルシアン様は、ディーを見て目を丸くした。

「……いったい、君は……」

自分の子供の頃と同じ顔をしているのだから、驚くのも無理はない。

私はさっそくあれから起こった出来事の説明とディーの紹介をした。

聞き終わったルシアン様が納得したように頷く。

「なるほど、確かに人ならざる者のオーラと色彩の髪を持っている。君がカリーナが手紙に書いていた精霊なのか」

ディーはふふんと鼻を鳴らし、ゆっくりと訂正する。

「僕はただの精霊ではなく、大精霊だ」

「大精霊なの？」

思わず私が反応して、隣からまじまじとディーを見下ろしてしまう。

こんなに可愛い見た目なのに？

疑問に思う私に、ディーは自信満々の笑顔で答える。

「そうさ。しかも水の精霊では極めて稀(まれ)な男性のね。だから僕は特別に戦闘能力も高いのさ」

言われてみると、神話に出てくる水の精霊に限っていえばすべて女性だった。

それにしても、ルシアン様に顔が似ているし、口調からもそうだと思っていたけれど、やはり男の子だったのね。

ディーはさらに大事なことのように付け加えた。

「だから頼りない誰かよりも、よほどしっかりとカリーナを守れる」

挑戦的かつ、あきらかにルシアン様への侮蔑(ぶべつ)をこめた言葉。

しかし、言われた本人は――

「だが、その姿は？」

かつての自分とそっくりな容姿が気になるらしく、不思議そうな顔で言及する。

私はとても恥ずかしい気持ちになって、全身から嫌な汗が噴き出してきた。

どう考えても、ディーの姿は誕生のきっかけになった私の祈り――胸に抱いていたイメージが反映した結果としか思えない。

　ディーはいかにも不愉快だと言うように顔をしかめ、話題を逸らした。

「それで、カリーナを陥れた連中にきっちり報復してくれるんだろうな？」

　ルシアン様は迷いなく頷く。

「もちろんだとも。至急、調査して証拠を集め、犯人を特定したのち、しかるべき裁きを与えよう」

　その答えにディーは「はっ」と冷笑した。

「何を悠長なことを。犯人は誰だかわかりきってるし、あんたは毒を中和してもらっておいて、いったいカリーナを誰だと思っているんだ？」

「というと？」

　本気でわからないという表情をするルシアン様と違って、聖女セリーナ伝を読み込んでいた私には思い当たる節がある。

「ディー、もしかしたらそれって――」

　そう言ってディーと視線を交わした後、実際に確認してみるためにさっそく裏庭へ移動する。

　私とディーと一緒に、倒れたばかりのルシアン様と、心配した校医のルドルフ先生、責任を問われそうな王子達の二人の従者も一緒についてきた。

　移動中、ルシアン様が従者に確認する。

「王宮からの重要な知らせとは結局なんだったのだ？」

「それが全く話が要領を得ないので、ルシアン殿下が心配になって、途中で会話を打ち切って戻ったのです」

「つまり、偽の使者だったということか」

　そうルシアン様が呟（つぶや）いたところで裏庭に到着し、私は水盤に手をかざす聖女像のもとにまっすぐ向かう。

　その像が示す聖女セリーナの有名な奇跡を再現するために。

　それは水鏡を使った未来予知と過去見の能力——後者を行（おこな）えば、すべての真相があきらかになるはず。

　やり方は聖女セリーナ伝の中にあるので知っている。

　聖女像と向かい合って水盤の前に立った私は、皆に向かって声をかけた。

「今から水鏡占いをするので、水盤がよく見える位置に立ってください」

　ディーとルシアン様がそれぞれ私の両脇に立ち、全員で水盤を囲む。そうして、いよいよ実演に入る。

「では、見ていてください」

私は注意を促（うなが）してから、水面に手をかざした。ルシアン様を解毒したときのように手元に意識を集中させ、呟（つぶや）く。

「どうか、私に過去の真実を見せて――」

強く念じていると、すぐに手元が輝き出し、生じた青白い光が水面に広がっていった。

完全に光が回ったところで準備ができたと捉え、見たい状況を具体的な言葉にする。

「まずは誰が水筒に毒を入れたか教えて」

私の問いに答えるようにすーっと水盤に映像が浮かび上がってきた。

ほどなくそこに映し出されたのは、意外性も何もなく、オリバー殿下とリリアの姿。

オリバー殿下が籠（かご）の中から水筒を取り出し、リリアが蓋（ふた）を開けて、手に持っていた小瓶の中味を注いでいる。

「やはり毒を盛ったのはリリアか」

ルシアン様が苦く呟（つぶや）き、オリバー殿下の従者が意見を差し挟む。

「どうやら、私がオリバー殿下に命じられ、カリーナ様を見張っている間に行（おこな）われたようですね」

続けてルシアン様の従者が思い出したように言った。

「私はリリア嬢に籠を手渡した直後に、緊急の知らせだと背後から声をかけられたのです」

私は少し考えてから次に見たい状況を声に出す。

「では中庭で昼食を食べる前、リリアが籠をどう置いたのか、その後どうなったのかを見せて」

すると、私の指定通り、リリアが籠を敷物に並べる様子が水面に映し出された。

リリアがルシアン様の従者から受け取った一つ目の籠を端に置くのと同時に、オリバー殿下が持参した籠を中央に置く。

次に、リリアが受け取った二つ目の籠を最初の籠と反対側の端に置いたかと思うと、流れるような動作で蓋を開いた。中味を確認したオリバー殿下はさっと端の籠を自分の手元に引き寄せる。

実際に見てみると驚くほど単純な、トリックとも呼べないものだった。

「そうか、僕とオリバーの籠を入れ替えるために、リリアは籠を自分が置くと申し出たのか、うかつだった！　近くで見ていたのに僕のぶんの籠をオリバーが取ったことに気がつかなかったなんて！」

「申し訳ありませんでした。どちらかが中庭に残って見ているべきでした。何よりそれ以前に、顔の知らない者が知らせに来た時点で疑うべきでした」

ルシアン様の従者が後悔しきりに言うと、オリバー殿下の従者も続く。

「私も、いくら命令されたからといって、昼食の籠の管理をオリバー殿下に任せるべきではありませんでした。実は、昼食が届けられてすぐにカリーナ様の監視を言いつかり、その際に追跡の邪魔になるということで、籠を置いていくように言われたのです」

ルシアン様は眉根を寄せて深い溜め息をついた。

「オリバーもそうだが、まさかリリアがここまでするとは……」

「私をいじめるのと、王太子暗殺ではまるで次元が違いますもんね」

いくら追い詰められたとしても、並の人間ができることではない。

たとえ私に罪を被せるつもりだったとしても、実行するにはかなり高い心の壁を越えなくてはならないだろう。

少なくとも私には到底無理だ。

それに、毒の入手先が気になる。

リリアがなぜそんなものを持っていたのだろうか？

色々確認しなければいけないことがある。

ただ、その前に――

「ずっと気になっていることがあるので、確かめてもいいですか？」

「もちろんだとも」

「当然さ」

私の問いに、ルシアン様とディーが同時に返事をした。

私は二人にしっかり頷（うなず）き返すと、再び水盤に手をかざす。

「六年前、私のために宮廷に報告してくれると言った後、エリスがどうなったのかを見せて」

ルシアン様から行方不明だと聞かされて以来、どうしても悪い想像が頭から振り払えなかったのだ。

私の望みに応え、すぐに水鏡が像を結び――義母と対面して座るエリスの姿が映る。

どうやら義母がエリスを呼び出したところらしい。二人の間のテーブルには飲み物とお菓子が用意されていた。

それを義母にすすめられたエリスは、少し躊躇（ためら）ったものの手を伸ばす。

そしてティーカップに口をつけた直後、ルシアン様と同じように急に胸を押さえて苦しみ始めた。

「……エリスっ……!?」

血の気が引く思いで見つめていると、やがて彼女は椅子から転げ落ちるように床に倒れ込み、そのまま動かなくなる。

「……そんなっ……!?」

「僕のときと同じだ」

そこで場面は墓地に切り替わった。すでに掘られていた墓穴に、男達が担いでいた大きな袋を投げ入れる。

最早、中身が何かなどと考えるまでもない。

エリスの悲惨な末路を目にした私は、両目から流れ出す涙を止められなかった。

「……エリスは私のせいで……!?」

「カリーナ、君のせいじゃない」

「そうだよ、カリーナのせいなんかであるもんか!」

「いいえ、いいえ!」

私は激しくかぶりを振る。

「エリスは私のために動こうとしたから殺された。それなのに彼女がいなくなったとき、私はその意味を深く考えることすらしなかった。いつか医務室でルシアン様に偉そうなことを言っておいて、私こそ悪意への想像力が足りなかった!」

後悔で胸が押し潰されそうだった。

「カリーナは悪くない！」

「そうだ。仕方のないことだ！」

私を庇(かば)うディーとルシアン様の声が重なる。

瞬間、私は気づいてしまった。

エリスだけではない。

私が何も抵抗できないせいで、守ろうとした二人は死にかけた。

ディーは消えかけ、ルシアン様は殺されかけたのだ。

その事実を思うと、自分の無力さがますます許せなくなり、余計涙が溢れてきた。

「カリーナ、そんなに思い詰めないで」

「そうだ。心の綺麗な君ならばこそ、邪悪な者の心理などわかりようもない」

いくら二人に慰(なぐさ)められても、胸の罪悪感は拭(ぬぐ)いようもない。

自己嫌悪で泣き続ける私を、ディーが横からぎゅっと抱き締めてくれる。

そのとき――

「しかし、こうなってくると、公爵夫人の前夫、ダレル伯爵の死因も大いに疑わしいな」

ルシアン様がそう言葉を漏らし、私は泣き顔を上げる。

「……どういうことですか？」

「ああ、確か僕の記憶では、ダレル伯爵が事故死したのは君の母親が亡くなった直後。あまりにもタイミングが良く、二人とも喪が明けぬ間に再婚したことで、貴族間でもしばらく噂の的になっていた。子供の僕の耳にさえ届くほどに」

　確かに、ああしてエリスをあっさりと殺していたのだ。とても義母が初犯だとは思えない。

　もしも常習的に殺人を行ってきたのだとしたら？

　そしてリリアがルシアン様を毒殺しようとしたのも、そんな母親の影響だとしたら？

　どちらにしても私には理解できない。どうしてこんなにも簡単に人の命を奪えるのだろう。

　激しく疑問に思うと共に、これまで自分が何かされたときよりもずっとずっと強い怒りが、腹の底から湧き上がってくる。

　とにかく力を分け与えてくださった女神イクス様の信頼に報いるためにもこんな非道を許しておくわけにはいかない。

　なぜなら、この過去見の能力は正しい裁定を行うためのもの。

　これまでのようにただ耐えるだけではなく、あるいは口で言うだけではなく、間違ったことはきっちりこの手で正していかなければならない。

　強い決意を胸に燃やした私は、涙をぐいっと拭(ぬぐ)い、顔を上げた。

「ルシアン殿下、お願いがあります」

「なんだ？」

「私も公爵家の一員であり、オリバー殿下とリリアがルシアン殿下を毒殺しようとしたのも、事(こと)の発端は私との婚約にあります。家族として元婚約者として、私には責任があるのです。ですから、どうか彼らの罪の追及を私に任せていただけませんか？」

「君に？」

「カリーナに責任なんてあるものか！　君はお人好しすぎるよ！」

　ディーが納得できないというふうに青銀の髪を振って叫ぶ。

　ルシアン様も「僕も君に責任があるとは思えない」と同意したものの、「だが、カリーナの意思を尊重しよう」と続けて、承諾の言葉をくれた。

「ありがとうございます！　ルシアン殿下」

　私がお礼を言うと、鷹揚(おうよう)に頷(うなず)く。

「君の気持ちが理解できるからね」

　そのままお互い見つめ合い、再会して以来初めて心が通じ合った気がしたとき、ディーが忌々しそうに舌打ちする。

私ははっとして、ルシアン様も思い出したように従者を見た。

「その前にオリバーとリリアの身柄を拘束しなければ――」

「はっ、急ぎ手配いたします！」

「待ってください」

私は立ち去りかけたルシアン様の従者をいったん引き止める。

「私に、二人の居場所を占わせてください」

抜け目ないリリアのことだ。自分の危機を察知して、すでに学園内から逃走しているかもしれない。

――ところが、その予想は大きく外れる。

オリバー殿下については思った通り母親である王妃のもとへ逃げ込んでいたが、リリアの行動は想像の斜め上をいっていた。

水鏡に映し出されたのは、お気に入りのドレスに着替え、寮の自室で優雅にお茶を飲んで寛いでいるリリアの姿。

同じように窮地に追い詰められ、うろたえている様子のオリバー殿下に対し、落ち着き払っているリリアの態度は異様に見える。

とにかく、私の占いによりその日のうちに二人は捕まり、彼らの協力者――中庭で私に飛びかかってきたリリアの崇拝者達も処分待ちの謹慎扱いになった。

第七章　神殿裁判

登校再開初日にして、怒濤（どとう）の展開に襲われたその日の夜。

別館に戻った私は部屋に入るなり、倒れ込むようにベッドに横になった。

病み上（あ）がりなのもあり、体力と気力がもう限界。

「ディーも疲れたでしょう？　一緒に休みましょう」

さっそくディーを手招きすると、なぜか盛大な溜め息を返される。

「それって、同じベッドで寝ようと僕を誘っている？」

「ええ、だってこのベッドは凄（すご）く広いから二人で寝ても余裕があるわ」

浮かれて言う私に、ディーは澄んだサファイアブルーの瞳をじっと向けた。

「やはり、成長しきれなかったことが悔やまれる」

ぶつぶつ呟（つぶや）きながらも、こちらに近づいてくる。

「ごめんなさい。もしかして一人で広々と寝たかった？」

「まさか！　そんなわけない。カリーナと二人で寝たいに決まっているじゃないか」

力いっぱい否定するディーの返事に、私はほっとした。

「それなら良かった」

しかし、ディーはベッドの前で立ち止まり、不満そうに口を尖らせる。

「全然良くないよ。カリーナはちっともわかっていない。僕は生命の泉に蓄積された膨大な知識を吸収してきたから、見た目は子供でも中身は大人なんだ」

言われてみると、小さかったときと比べてあきらかにディーは無邪気さが失われている。

「そう。色々勉強して、大人になったのね」

少し寂しいものの、それ以上に成長が嬉しい。

「だったら、これからは知識的な面でも頼りになるわね」

「うん、ありとあらゆる情報に精通しているから、何でも聞いてみて」

ディーの心強い言葉に私はさっそく甘えることにした。

「そう言ってもらえると助かるわ。実はちょうど今、悩んでることがあったの」

「へぇ、どんなこと？」

腕組みして尋(たず)ねるディーに、私は『聖女セリーナ伝』に出てくる『聖女の裁き』の場面を頭に思い浮かべながら説明する。

「できれば裁判のときに水盤の映像を皆に見せたいんだけど、どうしたらいいと思う？　裏庭にあるような小さなサイズだと多くの人に見えないし、なるべく大きな水鏡を使いたいの」

「なんだ、そんなことか。それならうってつけの場所があるから、明日案内するよ」

宣言通りあっさり答えたディーに、私は感動の目を向ける。

「凄い、ディー。本当に頼りになるのね！」

「ああ、そうさ。あの役立たずの王太子よりずっと、ずっとね！」

むきになったように言うと、ディーはいきなりがばっと私の頭の両脇に手をついて覆い被さってきた。

真上から、天使そのものの美しすぎる顔を私に寄せてくる。

潤んだ大きな瞳がどんどん迫り、その鼻先が触れそうになった瞬間、くすぐったくて私は噴き出してしまった。

するとディーは眉尻を下げ、いかにも悲しそうな顔をした後、私の上からどいてゴロッと仰向けになる。

「あーあ」

ベッドに転がったディーは、今日一番の盛大な溜め息をついた。

「どうしたの？」

横を向いて聞くと、天井を睨みながら決意をこめたように言う。

「カリーナ。僕、一段落ついたら、一度天上界に戻るよ」

突然、帰還予定を告げられて驚いた私は、起き上がってディーの顔を見下ろす。

「えっ、どれぐらい？」

「二週間ほどかな」

「二週間も……どうしても、戻る必要があるの？」

「うん、僕にとってはとても切実な理由なんだ。この身体ではどうしてもできないことがある」

深刻なディーの表情を見て、精霊としてよほど身につけたい能力があるのだと私は受け取った。

正直に言うと、短い期間でもまたディーと離れるのは寂しいけど……

「だったら、仕方がないわね」

「戻ってきたばかりなのに、こんな話をしてごめんね。でも、今すぐではないし、カリーナが今向き合っている問題を解決するまではそばにいるから」

「うん、わかった」

口ではそう言いながらも寂しくなった私は、ベッドの上を移動してディーのそばにいく。

密着するとディーの身体は温かく、それが嬉しくて、思わず抱きついてしまった。

「カリーナ、頼むからそんなにくっつかないでよ」

悲鳴のような声で抗議をしたものの、ディーは抵抗しない。

それを良いことに抱き締めまくっていると、扉をノックする音がして、夕食が二人ぶん運ばれてきた。

料理が並べられるテーブルに着くディーの姿を見て、私は疑問を口にする。

「もしかして、実体化したディーは食事を取れるの？」

ディーはフォークを取って答える。

「当然だよ。僕の肉体は、ほぼ人間と変わらない要素と構造をしているからね」

「ほぼ人間と変わらないの？」

「ああ、だから、人間との間に子供だって作れる」

ディーは大事なことのように声を強めて言った。

「そういえば、神話には、神や精霊と人間との間に生まれた英雄や王、魔法使いなんかがたくさん出てくるものね」

実は母の一族であるファロ家にも、水の精霊と人が結ばれたのが始まりだという伝説が密かに伝えられている。

「うん、実体化は高度な能力を必要とするから、高位精霊以上しかできない。だから、自然にその間に生まれた子供は、神話になって残るほどの伝説級の人物が多くなってしまうのさ」

話している間も、ディーは目の前の料理をばくばく口に入れる。

その食欲を見て、私が自分のぶんも「食べる？」と差し出すと、素直に受け取った。

「ありがとう。実は、この肉体を維持し続けるためには、かなりの量を食べないといけないんだ」

「食べないとどうなるの？」

まさか死んでしまうのかと不安になったが、ディーは笑って答える。

「実体化するための燃料が切れて、精霊状態に戻るだけだよ」

ほっとした私は、もう質問は止めて、その後は純粋にディーとの食事を楽しむ。

そうしてお腹いっぱいになった私達は、これからに備えてその日は早めに休んだ。

＊＊＊

翌朝。

私は別館の玄関ホールで待ち合わせしていたルシアン様に、裁判準備にあたって今日からしばらくディーと二人で行動すると報告する。

「それは、別に構わないが……本当に僕の付き添いや、手伝いはいらないのか？」

心配そうに尋ねてくるルシアン様にディーが答える。

「僕がいるから全く不要だ」

「きちんと途中経過はお知らせします」

「……そうか、わかった。昨日の誓い通り、君の希望を受け入れよう」

その言葉を聞いて、私は大事なことを思い出す。

「それで、あの、全校集会についてなのですが……」

「ああ、それなら、できるだけ君の要望に添った内容に変更した」

昨日、私の意思を尊重するというルシアン様の言葉に勇気を得て、別れ際、全校集会での生徒個人の吊し上げの中止と、可能な限りの処分の軽減を思い切ってお願いしておいた。

ディーは「甘い」と怒ったけれど、私にはリリアにそそのかされた生徒達も被害者だと思える。

「君は裁判準備で学園をしばらく休み、全校集会に出られないということだから、ここに詳細をまとめておいた」

ルシアン様が私に書類を手渡す。

「君の希望通り、明後日(あさって)の全校集会では実名は出さずに、事件の概要と処分内容だけを発表することにした。処分内容も簡単に説明すると、中庭でリリアに加担した者については退学処分と平民への格下げ。いじめ行為をした者については、それぞれの罪の重さで留年か停学処分。加えて実家から罰金を徴収し、神殿への寄付とする。さらに罪の重さによって期間を設定した神殿関連の奉仕活動。具体的には、女子は救護施設の手伝い、男子は騎士団の手伝いや施設の改修や整備作業などの肉体労働。なお、後者については生徒会および全校生徒もその対象となる。僕としては、これ以上は無理というぐらい当初より処罰を軽くしたつもりだが、読んでみてもし足りないと思ったら言ってくれ」

「わかりました。じっくり目を通しておきます。色々ありがとうございます」

お礼を言って、登校するルシアン様を見送った後、私はディーの可愛く綺麗な顔を見下ろす。

「では、昨夜言っていた場所へ案内してくれる？」

「うん、行こう、すぐに着くから」

そう言ってディーが差し出してきた手を取り、導かれるままに別館を出て、並木道に入る。

「えっ、外に出るんじゃないの？　こっちは門と反対方向よ」

というか、いつもの登校コースだ。

「大丈夫、近道があるから」

笑顔で答えるディーを信じて進み、やがて到着したのは、なんと学園の中庭だった。

「ここ？」

「うん、ここから行く。イクス様の支配する聖域同士に限ってだけど、繋げて行き来することが可能なんだ」

説明しつつディーが噴水の縁に立ち、片手を突き出す。

すると、水面の一部が輝き出した。

「行くよ」

かけ声と共にディーが私の手を引き、二人一緒に光の中に飛び込んでゆく。

不思議なことに水の中に入ったのに身体は少しも濡れず、途中で天地が逆さまになったかと思うと、頭から水面の上に出る。

石畳の上に降り立って周りを見ると、どこかの広場。私達が出てきたのはその中央に置かれた巨大水盤だった。

「ここはどこ?」

「イクス神殿の敷地内にある最高裁判所前の公開広場さ」

「公開広場?」

「約三百年前に行われていた聖女セリーナによる裁きの場を再現して造られた広場だ」

「だから、こんなに大きな水盤があるのね」

「このイクシード王国では聖女セリーナの出現により、神殿による裁きが急速に発展し、広がった。ゆえに現在の王国内でも、国王や領主や代官が裁きを行う世俗裁判所より、神殿裁判所の数が多くなっている。そしてこのイクス神殿の敷地内にある裁判所。つまり目の前にあるこの建物がその最高機関にあたるのさ」

私はまるで生き字引のようなディーの解説を聞きながら、正面にある立派な石造りの建物に目を向けた。

「通常は建物内で審理が行われるが、聖女セリーナの末裔である君が裁きを行うなら、ここほど相応しい場所はない」

　見回すと、広場を見下ろすように階段状の席がぐるっと取り囲んでいる。

「確かにここなら裁判中、水盤を直接見てもらえるわ！」

「うん、それにちょうど、裁判の予行練習もできるだろう？　よほど大きな事件以外はこの最高裁判所は使われず、管区にある小中の裁判所で行われる。だから、普段門は閉ざされていて、見ての通り人気もない。何より聖域内なので君の力が強まるから、調べ物もはかどるだろう」

「凄い、ディー！　まさに理想的な場所ね！」

　感動のあまり思わず抱きついて頬ずりすると、ディーは何かに耐えるように神妙に目を瞑った。

「でも、そうか、ここがイクス神殿なのね……」

　感慨深く呟いた私は、ディーを腕に抱いたまま思いを馳せる。

　イクス神殿とは単に建物だけではなく、それを中心とした宗教施設が集合する一帯を指す。

　幼い頃に両親を亡くした母は、ここの女性のみが暮らす区域で育ったという。

　よく懐かしそうに当時の話を聞かせてくれた。

『生まれつき虚弱だった私は、神殿の外に出ることを禁じられていたの。でも、敷地内なら、付き添いに囲まれてではあったけど、割と自由に散歩させてもらえたのよ。今でも忘れないわ。地所を囲む高い城壁には銃眼があって、張り出し付きの円柱塔がいくつも並んでいた。いつも外へ出たくて見上げていたけど、とても越えられそうにない高い高い壁だった』

そう言ってベッドから窓を見つめた母の心境を思い、胸が切なく痛む。

そんな私の気持ちを察したように、ディーがぎゅっと抱き返してくれた。

そのまましばらく二人で抱き合った後、改めて巨大水盤に向き合う。

「さて、そろそろ取りかからなくちゃ。調べることがたくさんあるんだもの」

「そうだね、カリーナ」

ディーと頷(うなず)き合うと、私は気合を入れ、過去見を始めた。

しかし、いくら門が閉ざされていてもさすがに関係者の出入りはある。裁判所から出てきた神官に、ちょうど水盤を光らせているところを見られてしまう。

おかげですぐに人を呼ばれ、いくらもしないうちに広場にぞくぞくと見物人が集まって、大騒ぎになった。そうしてついには神殿の最高権力者まで出てくる事態となる。

見事な白く長い髭(ひげ)をたくわえた大神官様は、私の前に立つと全身を震わせた。

「よもや、生きているうちに、聖女セリーナの再来とお会いできようとは」

涙を流して私を見つめた後、ディーに視線を移す。

「おお、なんと、神々しい後光でしょうか。こちらはもしや、水の大精霊様ではありませんか？」

「わかるんですか？」

「はい、私も長年女神イクスに仕え、祈りを捧げてきた身ですから」

さすが大神官様だと思いつつ、せっかくの機会なので、私は公開広場の使用許可と裁判についての協力をお願いした。

「当然でございますとも。神殿の施設は何でも好きにお使いいただきますように。裁判についても、ぜひともこの私めが裁判官をつとめさせていただきましょう。他にも何なりとお申し付けくださいい」

大神官様から平身低頭の二つ返事で引き受けてもらった私は、その日から毎日公開広場に通う。

日中はディーの助言を受けながら長時間ひたすら水盤で調べもの。夜はディーと同じベッドで仲良く眠り、朝は必ずルシアン様と別館の玄関ホールで進捗状況を報告し合う。

その際に、全校集会が無事に終わり、生徒達へ処分の申し渡しが終わった話も聞いた。

また、裁判の演習を重ねるうちに、声に出さず心で願うだけで、見せたい場面の映像が水面に出せるようになる。

そうして初めて公開広場に降り立ってから一週間後――ついにすべての裁判準備が整った。

＊　＊　＊

ついに迎えた裁判の初公判の日。

昼下がりの裁判所前公開広場には大勢の人が集まっていた。

私の右手、傍聴席の一番高い席には王と王妃とルシアン様が、その両脇と下段には宮廷関係者と思しき人達が並ぶ。

そして、水盤を挟んだ私の正面の被告席に父と義母、リリアという公爵家の三人が監視の騎士達に囲まれて座っていた。

憔悴(しょうすい)しきった両隣の二人に対し、澄まし顔のリリアを異様な思いで見つめていると、左手の裁判官席に大神官様が現れる。

「全員起立」

神官の一人が声を上げ、会場にいる全員がいったん立ち上がった。

「今回の裁判は女神イクスの教えをもとに編纂されたイクス神殿法に則り、三百年の時を経て蘇った聖女の奇跡の御業、水盤を使った真実の証明によって執り行われるものとする」

大神官様が分厚い法典を掲げて宣言し、巨大水盤前にディーと並んで立つ私に向かって頭を垂れる。

すると、その両脇に並ぶ法衣を着た神官達のみならず、傍聴席の国王陛下夫妻やルシアン様、会場の警護にあたる騎士達までもがいっせいにそれにならった。

私は緊張しながらそれぞれにお辞儀を返す。

そこに「着席」の声が響く。

「なお、今回は高位貴族と王族への裁きということで、女神イクスの忠実なる信徒である、イクシード国王のお立ち会いのもとで裁判が行われ、下された刑の執行についても請け負っていただくこととなった」

大神官様の紹介に、国王陛下が片手を上げた。

女神イクスへの信仰の本拠地にして聖地であるイクス神殿は、場所こそイクシード王国内にあるものの、その管区は国を跨って大陸中に置かれている。

ゆえにその影響力は一国よりも大きく、その長である大神官様の支配力と権力はイクシード王より上だった。

「よって、多忙な国王陛下の時間を長く奪えないため、すべての結審と判決を二日で終える予定である」

そう説明しながら大神官様は法典を書類に持ちかえ、掲げた。

「そのような都合もあり、最初の訴状、デッカー公爵夫妻と、公爵夫人の連れ子リリアによる、長きに亘る聖女カリーナに対する虐待および、迫害行為については、審理の余地なくすべて有罪とし、刑の言い渡しをする」

告げられた瞬間、父が弾かれたように席から立ち、悲鳴のような声を上げる。

「そんなっ!? それではあんまりでございます！」

「黙れ、この痴れ者が！ 長年に亘り余をたばかりおって」

すかさずイクシード王の叱責が飛び、父がびくっと縮み上がった。

大神官様が父の不満に答えるように述べる。

「女神イクスの加護は清廉潔白な乙女にしか与えられず、その者が虚偽の申し立てをすることなど有り得ない、という理由での判断である。従ってデッカー公爵については、聖女を迫害し、王家へ虚偽の報告をしたという二重の罪で、爵位の剥奪と全財産の没収をイクシード王国に要請する。さらに神殿からは、西方での新神殿建造の労役を命ずる」

判決を受けた父はその場でがっくりと膝をつき、言葉も出ないようだった。

大神官様は会場のざわめきが落ち着くのを待ち、再び裁判を進める。

「公爵夫人とリリア嬢に関しては、余罪があるのでその審理を行ったのち、合わせての刑の言い渡しとなる」

そう言いながら、次の訴状を隣の神官から受け取った。

「それでは、次の訴状に入る」

そこで突然、ディーが横から私の腰を抱き、高く澄んだ声を響かせる。

「待ってくれ、大事な部分が抜けている」

「これは、これは、大精霊様。いったいどこが不足していましたでしょうか？」

焦ったように大神官様が尋ね、皆の視線が集まる中でディーはきっぱりと言い放つ。

「被害者であるカリーナへの、長年の苦痛に対する慰謝料だ」

「はっ、なるほど、おっしゃる通りでございます。それでは、没収した公爵家の全財産は慰謝料として聖女カリーナに支払われるものといたします」

思わぬ裁定にびっくりして私がディーの顔を見下ろすと、いたずらっぽい笑顔が返ってきた。

「それでは、次の訴状、デッカー公爵夫人の複数の毒殺容疑と悪魔信仰についての審理を始める」

私は再びざわついた会場が静かになるのを待った。

「——それでは皆さん、こちらをご覧ください」

しばらくののち、皆の注意を促し、水盤に手をかざす。

「まずはアマンダ・デッカー公爵夫人が参加している、いかがわしい黒ミサの様子をご覧ください」

最初に水面に映し出したのは、暗い会場に集まる黒装束の人々と、彼らが取り囲む、全裸の女性が横たえられた祭壇。

広場がどよめく中、そこに近づく義母の姿が水盤に映る。その手にはナイフが握られており、おもむろに振り上げられたかと思うと、女性の胸元に勢い良く突き立てられた。

鮮血が飛び散る残酷な光景に場は騒然となり、改めて見た私も言葉が出なくなる。

しかし、そのとき、ディーに肩をぐっと掴まれた。それに励まされた私は再び口を開く。

「調べたところ、彼女はダレル伯爵家の使用人で、伯爵より夫人の監視を命令されていたようです。そしてこれは黒ミサの後、公爵夫人が主催者から毒を受け取る場面です」

説明しながら映像を切り替える。

「公爵夫人はこの毒を使って、さらに罪を重ねました。元夫の伯爵を自然死に見せるべく、自らの手で、あるいは日によってはメイドを使い、飲み物と食事に少量ずつ混ぜたのです」

そう言って見せた実際の毒の混入場面の中には、義母の忠実なメイドであるマイラの姿もあった。

そこで義母が被告席を囲む柵から身を乗り出して、金切り声を上げる。

「何を言っているの！　前の夫の死因は毒殺ではなく、階段からの転落死なのよ！」

裁判官の一人の神官が手元の書類に目を落として頷く。

「確かに、当時の宮廷が行った調査資料には、ダレル伯爵の死因は、階段から落ちた際に頭部を強打したことによる頭蓋骨の骨折だと記されています。なお、ちょうどそのとき夫人は不在だったようです」

犯行を否定する義母の言葉に、私は重い気持ちで対応する。

「それについてはまずこちらをご覧ください」

示したのは、怒りの形相でダレル伯爵が杖を振り回し、幼いリリアを打ちすえている様子。

皮膚が割れて血が飛び散るほどの激しい殴打は、彼女が気絶するまで続いた。

「このようにダレル伯爵はリリアに対し、日常的に虐待を行っておりました。毎日外出して屋敷にいない妻への苛立ちをぶつけるように」

リリアの個人的な情報を晒すのは躊躇われたものの、情状酌量を求めるためには仕方がない。

私はさらに、髪を掴んで引き回されたり、反動で壁まで飛ぶほど殴られたりなど、リリアの小さな身体に容赦なく加えられる日々の暴力を映し続ける。

見ているのも辛い惨い場面に、たまらず私の両目から涙が溢れた。それをディーが隣からそっと拭ってくれる。

私はそこで深呼吸を挟む。

「次にダレル伯爵をそうさせた原因をお見せします」

今度は、まだ年若い父と義母の、度重なる密会現場を連続公開した。

結婚後も頻繁に会わずにいられないほど求め合う二人の姿は、父がリリアを溺愛する理由を私にも十二分に教えてくれる。つまり、リリアは、愛する女性と父との間の子であったのだ。

感傷的な気持ちで目を向けると、父は抜け殻のようにぼんやりとうなだれ、義母はあんぐり口を開いた状態で青ざめ固まっている。

その中で相変わらずリリアだけは平然とし、かすかな笑みさえ口元に浮かべていた。

そんな家族を少し眺めた後、私はおもむろに口を開く。

「そして、その結果起こった悲劇がこれです」

重い気持ちで告げて皆に見せたのは、幼いリリアが背後からダレル伯爵に近づき、ぶつかるように階段から突き飛ばす、決定的な瞬間。

とたん、さざめきのように皆の驚きの声が広がる。それにかぶせて私は訴えた。

「このときリリアはたったの七歳でした！　さらに直接の死因ではないとはいえ、義母が殺害目的でダレル伯爵に毒を盛り続けていたこと。その影響で足腰が弱っていたからこそ、幼い子供の力でも階段から突き落とすことが可能だったのです！」

我ながら私情が入った弁明だとわかっている。

でも幼いリリアが受け続けた酷い苦痛と、血の繋がった妹だという真相が私を駆り立てていた。

「加えて義母は私が公爵家で冷遇されている状況を宮廷に報告しようとしたメイドのエリスをも毒殺しました」

義母が極悪人であることを強調するために、間を空けずエリスをあっさり毒殺する現場を水盤で再現する。

その効果があったのか、大神官様は深い溜め息をつき、義母の罪にのみ言及した。

「なるほど、一件の殺人未遂と、二件の殺人。さらに悪魔崇拝を行っているということならば、これは自らの命をもって神に償うしかありませんな」

「お待ちください！」

罪状を確認し、判決に移ろうとしたタイミングで、私は勇気をもって制止の声を上げる。

大神官様が白い眉をひそめた。

「何でございましょうか、聖女カリーナ。念のため先に申し上げておきますが、あなた様の意見をもってしても、イクス神殿法により、デッカー公爵夫人の死刑は覆りませんぞ？　特に毒殺は、かつて横行したことで国家が転覆しかかった歴史を背景に、最も重い罪とされており、未遂であっても死刑は免れないことになっております」

もちろん、義母については殺された二人の無念を思うと、私も慈悲を訴える気にならない。

「その点については理解しております。ただ、協力した使用人達については、できるだけ苦しまない方法を！」

通常、イクス神殿で行われる処刑は水責めの刑であり、逆さ吊りで死ぬまで何度も頭から身体を水に沈めるという拷問を兼ねた苦しい方法だという。

聖女セリーナ伝の中に出てくるので知っていた。

「そういうことでしたら、ご要望に従いましょう」

大神官様は拍子抜けするほどすんなり私の意見を受け入れ、すっとイクシード王に視線を向ける。

「それでは聖女カリーナのたっての願いにより、毒殺に加担した者達については、この世で最も慈悲深いとされる処刑道具。イクシード王国自慢のギロチンを使用するのが妥当と考えますが、いかがでしょうか、国王陛下」

「余も異論はない。ぜひ、そのように取り計らおう」

「では、アマンダ・デッカー公爵夫人を神殿での水責めの刑とし、貴族であるダレル伯爵の毒殺未遂（みすい）に関与した使用人達は全員ギロチン刑に処する。また、悪魔崇拝を行（おこな）っている者達については、特定次第、異端審問にかけるものとする」

死刑を言い渡された瞬間、義母はとうとう精神が耐えきれなくなったのか、その場に昏倒（こんとう）した。

他人の命は簡単に奪うのに、自分の命はよほど大切らしい。

そんな母親を隣から冷えた目で見下すリリアは、得意の演技を披露するどころか昨日今日と終始無言で、不気味なほど静かだった。

そうして父と義母の審理と判決が済んだところで、裁判一日目は終了した。

翌日の裁判二日目は、王太子暗殺未遂事件についての審理。

正午過ぎの公開広場の被告席にはリリアとオリバー殿下が並んで座らされていた。

昨日と同じ開始の挨拶が終わるのを待ち、私は巨大水盤に向かう。

そして最初に犯行場面――リリアが飲み物に毒を盛る瞬間と、中庭で籠を入れ替える様子を皆に見せた。

その後、オリバー殿下が立ち上がり、必死に自己弁護を始める。

「今見た通り、飲み物に毒を入れたのはリリアで、俺はいっさい手出ししていない。そもそも、少々、腹痛を起こす薬だとリリアから聞いていて、毒だとは知らなかった！兄さんに神殿騎士団入りの期間を延長すると言われ、軽い仕返しをしたかっただけなんだ！」

「いずれにしても、毒殺に協力したことは、まぎれもない事実でございますな」

髭をしごきながら指摘する大神官様に、王妃が祈りのポーズで懇願する。

「どうかご厚情をお願いします！　オリバーはそこの極悪な娘に騙されただけなのです！」

「そうだ。本当に何も知らなかったんだ！　兄さんを殺すなんて、そんな恐ろしいこと、この俺には想像すらつかなかった！」

両の拳を握って振りながら主張するオリバー殿下から、大神官様はリリアに視線を移した。

「リリア・デッカー嬢、オリバー殿下はこうおっしゃってるが、何か申し開きはあるか？」

そこでリリアが、裁判が始まって以来初めて口を開く。

「いいえ、今さら無用な言い訳などいたしません」

オリバー殿下とは対照的な潔いまでの返答だ。

けれど真実は真実。決して見過ごすわけにはいかない。

「いいえ、それは違います！　これを見てください」

私はきっぱりと否定して、水盤に根拠となる場面を示す。

それは毒殺未遂事件の数日前に室内で相談する二人の様子だった。

リリアが小瓶の液体を垂らしたチーズを籠の中の二十日鼠に与える。鼠はそれを食べた直後に痙攣してひっくり返り、オリバー殿下が納得したように頷いた。

「見ての通り、オリバー殿下は事前に毒の効果を確認済みでした。その上でリリアと共謀したのです」

しかし、私が殺意を証明してみせても、直接毒に触っていないというのもあって王妃の嘆願が通る。オリバー殿下は幽閉刑にとどまった。

つまり、神殿騎士団よりも自由のない、監獄の塔に生涯閉じ込められることになったのだ。

続けて大神官様はリリアにも重々しく刑を言い渡す。

「リリア・デッカー嬢については、ダレル伯爵の殺害については情状酌量の余地はあるものの、王太子暗殺未遂事件の主犯としての罪はあまりにも重い。よって水責めによる処刑を言い渡す」

リリアは義母と違い、ただ静かに判決を聞いていた。

私のほうが動揺して思わず足の力が抜け、ディーの支えが必要になったほどだ。

ルシアン様がそこで耐えきれなくなったように席を立ち、金髪を振り乱して叫ぶ。

「リリア、なぜなんだ！　なぜ僕を殺そうとまでしたんだ！」

リリアはそのとき初めて表情を動かし、ゆるゆると彼に向けた目を細めて微笑む。

「なぜって、あなたを愛していたからに決まっているではないですか、ルシアン様」

リリアにしてはいつものなめらかさがない、舌が絡まるようなゆっくりしたしゃべり方だった。

「姉に奪われるぐらいなら、いっそ殺してしまいたかったのです」

続けてそう言った後、その眼差しがふっと遠くなる。

「母の再婚パーティーで初めてお会いしたとき、まるで童話から抜け出てきたような理想の王子様だと思いました。それからはずっとずっとあなただけを見つめてきました」

告白しながらリリアは私に視線を流す。

「そして同じ日に、礼拝堂でルシアン様の胸に抱かれて泣いている姉の姿を見て、初めて激しい嫉妬の感情を覚えました。私より美しい容姿、優れた血筋――思えばそれからはずっと、姉への嫉妬と憎悪にくるっていた気がします」

初めて知った事実に、私は愕然とする。

――なんということだろう。私達は同じ日にルシアン様に恋していたのだ。

そして中庭で言った『嫉妬でずっとおかしくなっていたの』という言葉はまぎれもない真実だった。

リリアはさらに私への思いを語る。

「何よりも父を含め、姉が本来の私の立場を横取りしたことが許せなかった」

「横取り？」

反射的に問う私をリリアが睨む。

「ええ、そうよ。カリーナお姉様。あなた達親子さえいなければ、私と母が最初から公爵夫人で公爵令嬢だった。あなたの母親との縁談のせいで父と母の仲が引き裂かれなければ、私は最初から何もかも手に入れられた——公爵令嬢の地位、幸せな幼少期……何より、私はこんな人間にならずに済んだのに！　何もかも、そうすべて、あなたが存在するせいよ。あなたさえいなければ……」

血を吐くように言って、リリアは憎悪に燃えた瞳を私に向け、ぎりりと奥歯を噛みしめた。

それから悲しそうにルシアン様をもう一度を見つめ、まっすぐに手を差し伸ばしたかと思うと、床に手をついて泣き崩れる。

突っ伏した彼女は激しく肩を震わせて嗚咽を漏らし、そのまま少しの間泣いていた。

ところが、急にばったりと床に倒れ込み、動かなくなる。

一早く異変に気がついたルシアン様が、柵を飛び越えてそこに向かった。

周りの護衛騎士が止める間もなく駆け寄った彼は、リリアを膝抱きにし、胸に耳を押し当てる。その後、青ざめた顔と震える声で重く告げた。

「すでに絶命している」

続けて半開きのリリアの口に指を差し込み、中から欠片を取り出した。

「どうやら、口の中に、毒入りのカプセルを仕込んでいたみたいだ」

だからリリアは、いつもよりしゃべりにくそうにしていたのだ。

そして私に解毒されないよう、毒が完全に回って絶命するまで、泣いている演技をし続けた。

ショックのあまり脱力する私をディーが下から抱きかかえる。

——そうしてリリアの死をもって、二日間の裁判は幕を下ろした。

＊＊＊

裁判終了から一晩明けた朝。

私は公爵家の一員として自らしばらくの謹慎を願い出た。

しかし、ルシアン様は、「悪いが、一つも非のない君を処分するわけにはいかない」ときっぱり言う。

「だが、今回は色々あって疲れただろう。しばらく休養すべきだと僕は思う」

さらにそう意見した当日から、さっそく私が学園を休めるように取り計らってくれる。

確かに裁判を終えた今、我ながら疲労感と精神的なダメージは相当なものだった。

特にリリアの最期の姿と言葉が脳裏から離れなくて辛(つら)い。

頭では自分のせいではないとわかっていても、どうしても罪悪感で心が痛む。

結局、私とルシアン様の距離が近づいてしまったせいで、リリアを破滅に追い込んだのだ。

今さらどうにもならないことを考えては鬱々(うつうつ)とする私を気遣い、ディーは天上界へ戻る日を延ばそうとした。

でも落ち込んでいるからこそ、私はディーの背中を押す。

「この状態から自分の力で立ち直れないようでは、聖女なんて到底務まらないと思うの……。心配しないで、ディーが戻ってくるまでに必ず元気になってみせるから、私を信じて天上界へ行ってきて」

そうしていつかのように月光が明るい夜。

私はディーを見送るために学園の中庭へ出た。

噴水の前に立つと、ディーがすっと手を差し出してくる。

「ねぇ、カリーナ、行く前に、いつかの夜みたいに踊ろうか?」

私は懐かしい気持ちで上から手を重ねる。

「そうね、創立記念パーティーの夜みたいに……」

まだいくらも経っていないのに、ずいぶん昔のことのように思える。

あのときはダンスと言っても、お互い触れ合うことさえできなかった。

でも、今は違う。

そう考えながら、私はディーと右手を握り合う。

ディーは私の腰に手を回すと、ステップを踏み出しながら、腕をすっと引いた。

合わせて回ってみたけれど、途中であやうくディーの足を踏みかける。

さらに、ステップを知らない私は、ディーの動きに全く合わせられなかった。

身体があるからこそ、ぶつかり合ったり互いに引っ張り合ったりと、ちぐはぐなダンスになってしまう。

それでも私はそれなりに楽しかったのに、ディーがとうとう溜め息をついて踊りを止(や)める。

「やっぱり、身長差があるとうまくリードできないや……戻ってきたら、やり直ししよう」

「うん」

私が頷(うなず)いたところで、ディーは改めて噴水の前に移動する。

ついにお別れのときが来たのだと、胸が切なく痛んだ。

そんな私の気持ちを察したように、ディーが苦笑いして言う。

「できたら君を連れて戻りたいけど、天上界は魂（たましい）の世界だから、肉体を置いていかないといけない」

「気にしないで、ディー。私なら平気だから！」

本当は全然平気じゃなくて、寂しくてたまらない。

でも、心配をかけたくなくて精一杯の笑顔を作ってみせる。

そんな私を見上げながらディーは透（す）き通（とお）る瞳を細め、急にがばっと腰に抱きついてきた。

「カリーナ、愛してるよ」

唐突に愛を伝えられた私は、とっさに同じ言葉を返せず、遅れて「私もよ」とだけ答える。

「どうしたの？」

迷いが声に出たらしく、察知したディーが身を離して下から顔を覗き込んできた。

「……うん」

誤魔化（ごまか）しきれないと悟った私は、密かにずっと感じていた想いを告白する。

「もしかしたらディーが私に愛を抱くのは、その姿と同じで、私の願いが反映した結果なのかもしれないと思って……」

口にした瞬間、ディーは目を見張り、可憐（かれん）な顔をこわばらせた。

「何を言っているの、カリーナ、そんなの関係ない！　君の願いは僕が生まれるきっかけになっただけで、あくまでも僕の母体は生命の泉。生まれた瞬間から、僕には一個の人格があり、感情も思考も全部僕自身のもの——カリーナを愛するこの心だって！」

こんなに感情的なディーを見るのは初めてだった。

心外そうに訴える声を聞きながら、私はディーの真心を疑ったことを深く後悔する。

「ごめんなさい、ディーの気持ちを否定するようなことを言って」

「謝罪なんかいらない！　ただわかってほしいんだ。僕が惹かれたのは身を挺して小さな花を守るようなカリーナの優しさだ。そして、そばでカリーナの純粋で美しい心を見てきたからこそ、こんなにも愛してしまったのだ、と！」

「私だってディーを愛しているわ！」

はっきり愛を言葉にした私はディーを抱き返し、柔らかな青銀色の髪に顔を埋めた。

「ディーが消えたとき、私、思ったの。他は何もいらないから戻ってきてほしいって。そうしてわかったの。ディーは私にとってこの世で最も大切な存在だわ」

「カリーナ」

そのまま互いの想いを確認し合うように固く抱き締め合う。

しばらくそうしていた後、ディーが思い切ったように提案した。

「ねぇ、カリーナ。僕が戻ってきたらこのイクシード王国を出ない？」

「えっ、王国を？」

「ああ、広い世界へ出るんだ」

　私は少し考え、目を伏せる。

「正直言うと私も何度か夢見たことはあるの。でも、そのたびに、聖女の末裔（まつえい）としてこの国を捨てるなんて考えてはいけないと、自分の願望を否定してきた。それに、誇り高い母の娘として、自分の運命や境遇から逃げたくない」

　半ば自分の心に言い聞かせるように答える私の腕をぐっと掴み、ディーは大きくかぶりを振った。

「逃げるという考え方は違うよ。そもそも聖女の力はこんな狭い一国にとどまっていて良いものではない。世界中の人々にあまねく届けられるべきものなんだ」

「世界中に？」

「ああ、そうだ。実際、黄昏（たそがれ）期に入り、まどろみ状態の女神イクスのもとには、毎日世界中から助けを求める祈りの声が届く。僕が天上界にいる間も、日照り続きの国や、嵐で飲めないくらい川の水が濁った村などのあちこちから、助けを求める声が届いていた。そんな人々を救うために、君はイクス様に力を分け与えられたんだ！」

ディーの言葉によって、視界が大きく開かれるようだった。

世界中に私の助けを求める人達がいる。

そんな広い視野は今まで持っていなかった。

「いい？　カリーナ。僕が天上界から戻ってくるまで、しっかりそのことを考えておいて」

そこで両手を引かれた私は、身を屈めて至近距離からディーの顔を見下ろす。

「ええ、ディー、わかったわ」

深く頷き返すと、ディーは少し迷うような表情をした後、背伸びして、私の頬にちゅっと口づける。

「カリーナ、二週間だ。必ず戻るから待ってて」

「うん、信じて待っている」

そう約束すると、ディーは噴水に飛び込んで光る水面の中へ消えていった。

第八章　決断の刻(とき)

ディーが天上界へ帰還した翌日。

私はルシアン様と同じ馬車に乗って、いったん学園を離れた。

ルシアン様のすすめで、静養のためにしばらく移動することになったのだ。

滞在先は王宮の広大な庭園内に建つ離宮。

薔薇(ばら)が咲き乱れる一角に建っていて、近くには蓮(はす)を浮かべた池もある眺めのいい場所だ。

周囲の美しい景色を見て回るだけでも心癒やされ、午前中の散歩が私の日課になる。

お昼は毎日離宮へやってくるルシアン様と二人での食事。

その際に彼は色々報告してくれ、父の身柄が西方へ送られたことや、義母の処刑が執行されたことなども聞いた。

午後は淑女教育の時間。

ルシアン様の指示により派遣された王宮家庭教師から、礼儀作法やダンスの授業を受ける。

　そうしてディーがいなくて寂しいこと以外は、毎日それなりに充実した日々を送り、精神的にもだいぶ落ち着いていった。

　――ルシアン様が朝から離宮を訪ねてきたのは、そんなある日のことだった。

　時間帯だけではなく服装もいつもと違い、今日の彼は光沢のある純白の騎士服に同色のマントを羽織(はお)った、清廉(せいれん)かつ凛々(りり)しい姿だ。

「カリーナ、大切な話があるのだが、いいか？」

　改まった口調で言われ、私はなんだか緊張した。

「……はい」

　とりあえず居室へ通したものの、異様にそわそわした気持ちになる。

　ルシアン様も落ち着かない様子で、私が椅子に座っても立ったまま、しばらくしてようやく意を決したように切り出した。

「君の気持ちがなるべく落ち着いてからと思って待っていたのだが、神殿へ出発する前にどうしても確認しておきたくてね」

　ルシアン様も他の生徒達同様、私へのいじめの件により、イクス神殿で奉仕活動をしなくてはいけないのだ。

王都から神殿までは日帰りできる距離だが、往復で半日潰れるので、泊まりにしたのだろう。

格好から察するに神殿騎士団の手伝いをするようだ。

「確認ですか？」

妙な胸騒ぎがした私は、気を落ち着かせるためにメイドが持ってきてくれた紅茶を一口飲む。

「ああ」と頷き、ルシアン様はマントを広げてこちらへ来ると、すっと腰を落とし、下から私の顔を見上げた。

「カリーナ、率直に聞く。幼い頃からの君の想い人というのは、僕ではないのか？」

唐突な指摘に指から力が抜け、私は音を立ててカップを受け皿に置いてしまう。

「――なっ、何をいきなりおっしゃるのですか？」

思わず声が裏返る私を見て、ルシアン様の顔にぱーっと喜色が広がる。

「やはり、その動揺した様子に否定しないということは、そうだったのだな！　君が呼び出した水の大精霊の姿を見てから、ずっと考え続けていた。幼い頃たった一度会っただけだったので、いまいち確信は持てなかったが、そうだと思える根拠があったからね。再会して以降ずっと、君からの好意がひしひしと伝わってきていた！」

そんなにあからさまな態度だったのかと、恥ずかしさに頬がカッと熱くなる。

口ごもった私を見て確信を深めたのか、ルシアン様は感激したように、バッ、と両手で私の左手を握った。

「良かった、カリーナ。これで僕達の間にあった唯一の障害がなくなった！」

「ええっ、どういうことですか？」

急展開する話についていけずとまどう私に、ルシアン様が「実は」と切り出す。

「王家にはある言い伝えがあってね。それは『聖女セリーナの呪い』と呼ばれるものだ」

「……呪い、ですか？」

「ああ、聖女セリーナが世界を救った後で同族の男性と結婚した事実を君は知ってるか？」

「はい、本で読みましたし、母からも祭司としての血を薄めないために、一族間での婚姻が基本だったと聞かされております」

同時に、それがファロ家を衰退させた理由だとも。

「そうか」

ルシアン様は頷（うなず）き、私を見つめながら空色の瞳を細める。

「子孫の君を見ればわかるが、ファロ家の者は、男性も女性も皆精霊のように美しかったという。聖女セリーナの娘もその例に漏れず、当時の王太子も僕のように一目惚れしたそうだ」

初めて聞く話だったが、それ以上に『僕のように』という言葉を意識してしまう。

「そこで王から縁談を持ち掛けられた聖女セリーナは、水鏡占いをした。そして、こう予言したのだ。『ファロ家の血を受ける者は、恋する相手がいる場合に限り、他の相手との間に子は生せないでしょう。ゆえに同じ一族に恋人がいる私の娘との結婚は諦めたほうがよろしい』と。――そのときを含め、それからしばらく王家は聖女セリーナのお告げに従った。しかし、やがてファロ家の血を王家に取りこもうとする王が現れる。ところが、聖女の子孫の娘を娶ったいずれの王との間にも子供はできなかった。どの娘にも他に想う相手がいたらしい。幸い、聖女の血は途絶えなかったものの……そのようなことが何回か繰り返された結果、王や世継ぎの王子との婚姻は基本的に避けられるようになり、王家にはあるジンクスができた。想い人のいる聖女の子孫には決してそれ以外の相手との結婚を無理強いしてはいけない、というものだ。だから君の母は女性だけの環境で育てられ、君についてもオリバーとの婚約があっさり認められたのだ」

最後の部分は特に聞き捨てならない。

「では、母や私が閉じ込められるように育てられたのは……」

母についてはは身体が弱いからで、私に関してははてっきり父や義母の嫌がらせが主な理由だと思っていたのだが、確かに私は母の生前から城の外に出してもらえなかった。

「そうだ。なるべく恋をさせないためだ」

「……全く、知りませんでした」

「そうだろう。王族以外は知らない話だからね。君だから特別に話した」

ルシアン様は酷く満足げな顔で微笑む。

「とにかく、これで晴れて僕達は婚約できる！　もしも君に他に想い人がいた場合、決して認められなかったからね。それが今では逆に、君が僕以外と結婚すると聖女の血が途絶えてしまう！」

満面の笑みを浮かべて言うルシアン様の手を、私は必死に振り解こうとしながら抗議した。

「認められるって!?　私はあなたと結婚するつもりなんてありませんし、婚約もはっきりお断りしたはずです！」

しかし、ルシアン様の手の力はとても強く、逆にぐいっと引き寄せられて手の甲に強引に口づけられる。

「……いやっ……！」

押し当てられた唇の感触に、背筋がぞくっとした。

まっすぐこちらに向けられた水色の瞳には固い決意の光が宿っている。

「離してください！」

「いやだ、離さないカリーナ。愛してる！」

懇願しても聞き入れてくれないので、仕方なく右手で平手打ちをする。

パンッ、と派手な音がして、頬を打たれた反動でルシアン様は一瞬顔を背けた。けれど、すぐにまた私に向き直る。

「カリーナ、両想いだとがわかった以上、僕はもういっさい引くつもりはない。何よりもリリアの犠牲を無駄にしないためにも、僕達は絶対に結ばれて幸せにならないといけないのだ！　だから、今後は君の拒否はいっさい受け付けないことにする」

勝手な決断に私は怒りで全身が震えた。

「拒否を受け付けないって何ですか！　その前に私達は両想いなんかじゃありません。私はルシアン殿下を愛していませんから！」

信頼のないところに愛が育つわけがない。

初恋である事実は認めても、現在の愛情についてははっきり否定できた。

しかし、ルシアン様はふっと形の良い唇の端を上げる。

「カリーナ、君のそういう素直じゃないところさえも僕にはたまらなく可愛く見えてしまう。いつかは否定されたけれど、僕の愛は相手の何もかも、欠点までをも受け入れる種類のものだからね。たとえ君が聖女じゃなく、悪女や殺人者であっても構わなかったぐらい、深く激しく愛しているのだ……そう、どんな君でも僕は永遠に愛し続ける！」

酔ったような熱っぽい瞳で高らかに宣言をすると、ようやく私の手を離してくれた。

「――さてと、父のもとへも挨拶（あいさつ）に寄らないといけないし、そろそろお別れを言わねばならない。数日会えないが、どうか寂しがらずに待っていてくれたまえ。帰ってきたら婚約の詳しい話を詰めよう」

笑顔で告げた直後にマントを翻（ひるがえ）し、颯爽（さっそう）と部屋から出ていくルシアン様に、私は慌てて追いすがる。

「待ってください。お願いだから、少しは私の話を聞いてください！」

しかし、彼は決して立ち止まってはくれなかった。大股に廊下を突き進んで玄関を出ると、さっさと停めてあった馬車に乗り込む。

そして窓から顔を出し、私に手を振った。

「五日後に会おう」

「絶対に婚約なんてしませんから！」

走り出す馬車に向かってそう叫び呆然と見送りながらも、私の胸にふつふつとした怒りが込み上げてくる。

これまでと違い、わかってもらえない悲しみより、ルシアン様の身勝手さへの苛立ちが勝っていた。

話すら聞いてくれず、完全に私の意思を無視するくせに、「愛している」なんて言われても信じられるわけがない。

加えて、一族を含め、母に対する王家の扱いにも腹が立って仕方がなかった。

結婚するまで神殿内に閉じ込められ、高い城壁を見上げて外の世界に思いを馳せていた母。

あちこち行きたいと願いながらとうとう叶えられなかった母。

その気持ちを想像するだけで涙が出てくる。

まさかそんな思いを強いられた理由が、単に「恋をさせないため」だったなんて。それでは本当に子を産むだけの道具。そのためだけの人生ではないか。

とにかく、自分達の勝手な都合で他人の人権を無視し、自由を奪うなんて間違っている！

たとえ王であっても到底許される行為ではない。

純粋な怒りが胸に燃えさかり、一言言わないとどうにも収まりがつきそうになかった。

急いで部屋に取って返した私は、メイドを呼んで、さっそくイクシード王への謁見願いを伝える。

メイドは確認に向かい、一時間ほどして部屋に戻ってきて、こう告げた。

「五日お待ちいただければ、国王陛下にお会いできるかと思います」

答えになっているようでなっていない曖昧(あいまい)な返事だ。

「それより、早くには会えないの？」

「はい、大々的な集まりの準備などでお忙しいようです」

五日後はディーが戻ってくると言っていた日の翌日にあたる。

私は悩んだ末、待つことにした。

忙しいなら仕方がないし、王に意見するときにはディーが横にいたほうが心強い。

ところが、四日経ち、ディーが帰還を約束した二週間目。寝ないで待っていたのに、彼は戻ってこなかった。

おかげですっかり寝不足で翌朝を迎える。

朝食を終えると、いきなり大人数のメイドや女官が部屋に押しかけてきた。抵抗する間もなく彼女達に取り囲まれた私は、湯浴させられた後、豪華な生地をたっぷり使ったドレスと、いかにも高価な宝飾品で飾り立てられる。

——王に会うにはここまでの仕度をしないといけないのか。

とまどいと疑問を覚えつつ、複数人に周りを固められた状態で、王宮に連行された。

さらに壮麗な宮殿の大回廊を奥へ奥へと進み、やがて突き当たった巨大両扉が押し開かれる。

すると、そこは床を埋め尽くすほど多くの人達がひしめき合う大広間だった。

天井は三階ぶんほどの高さがある吹き抜けで、高窓から明るい光が差し込んでいる。

私は呆然と、まっすぐ伸びる中央に敷かれた赤い絨毯の上を進む。

遠い先に玉座に座る両陛下の姿が見え、その手前にルシアン様が立っていた。

歩いていく途中ようやく付き添い達の手が離れ、代わりに近づいてきたルシアン様が、輝くような笑顔で手を差し出す。

「会いたかったよ、カリーナ。さあ、一緒に前へ行こう」

いかにも王子らしい房飾りのついた純白の軍服と、金糸の縫い取りのある豪華な緋色のマント。

正装したルシアン様を一瞥した私は、悪い予感を覚えながら、周囲を見回して尋ねる。

「いったいこれは何の集まりですか？」

「何って、君のお披露目に国中の貴族や要人が集まっているのだ」

「お披露目？」

ようやく状況を理解した私は、あえてルシアン様の手を取らず、止まっていた足を再び動かし始めた。

「カリーナ、待て」

慌てて横に並んでくるルシアン様を無視してイクシード王の前まで突き進み、さっとお辞儀をする。

「国王陛下、お会いできる日を心待ちしておりました」

「おお、大聖女カリーナ。こちらこそ、そなたと対面するのを楽しみにしていた。この前の裁判での働きは実に見事の一言である」

イクシード王は二段も高い位置からねぎらいの言葉をかけてきた。

「……ありがとうございます……」

一応お礼を言ったものの、いきなりこんな対応をされたことには納得ができない。

「ところで、大事なお話があると伝えてもらっていたはずなのですが……」

「ああ、もちろん聞いておる。そのことで、ルシアンの提案もあり、取り急ぎこのように発表の場を設けたのだ。なにしろ三百年ぶりに現れた偉大な聖女と、王太子のめでたい話なのだからな。余と妃だけで聞くのはもったない。そう思って、そなたとの正式な顔合わせとお披露目を兼ねて、こうして大々的に皆に集ってもらったのだ」

「めでたい、話？」

とっさに顔を見上げると、ルシアン様がしてやったりとでも言うような笑みを浮かべて言う。

「実は五日前、君と別れた後、父のもとへ寄って、僕達の間柄を伝えておいたのだ」

「間柄？」

「お互い初恋同士で、ずっと想い合っていたことだ」

それで勝手に勘違いされてこんな事態になっているらしい。

どうして先に私本人に確認をしないのか。

激しく疑問に思うと同時に、改めて集まっている大勢の人々を振り返って困惑する。

とてもじゃないが王家の批判を口にできるような雰囲気ではない。

言葉を失い固まる私に、ルシアン様が隣から耳打ちしてくる。

「そんなに緊張しなくても大丈夫だカリーナ、僕がそばについている」

耳にかかる彼の吐息に、緊張が解けるどころか、却って身体が硬直した。

王妃がそんな私達を微笑ましそうな眼差しで見下ろす。

「ほんに、美男美女でまるで絵に描いたように似合いの二人ですこと」

「まったく妃の言う通りである。しかも、深い愛で結ばれているときてる。裁判のときは、子供の頃のルシアンそっくりな大精霊様を見て驚いたが、まさか息子への想いが反映した結果とは。聖女の血筋はとにかく一途だと聞いておったが、どうやら息子も負けず劣らずそうらしい。まさに歴史的な運命の恋人同士というわけだ。余としても王家と聖女の血筋が一緒になるのなら、これ以上喜ばしいことはない」

王の発言に、近くの観衆から好意的な声が湧く。

話の向きの怪しさに私は大いに焦る。

「国王陛下、私とルシアン様はそのような関係では……」

しかし、オリバー殿下に似た赤毛と、ルシアン様と同じ空色の瞳をした王は豪快に笑って私の言葉を遮った。

「いずれにしても、大精霊まで従え、聖女セリーナをも超える大聖女カリーナがいれば、このイクシード王国も安泰である。どうか、東の帝国の脅威を退けて国の平和を守り、将来的には王妃としてルシアンを支えていってほしい。そして王家念願の聖女の血を引いた世継ぎの王子をぜひとも産んでくれ！」

「私も王と全く同じ気持ちですわ」

国王の言葉に王妃も同意して、ルシアン様もはにかんだ微笑を浮かべる。

「カリーナ、すまない。両親は気が早いんだ」

勝手に重い期待をかけられた上に、すでにルシアン様との婚約が成立したような空気。

二重の意味で動揺して血の気が引いたとき、イクシード王が大広間を見回して切り出した。

「さて、これ以上待たせては悪いので、そろそろ会場に集まった皆に紹介しようではないか」

いけない！　このままでは大聖女としてだけではなく、ルシアン様の婚約者として大々的に発表されてしまう。

焦った私が制止の声を上げようとした瞬間――

バーン！

巨大扉が開く派手な音がして、大広間に高らかな声が響き渡った。

「その婚約は待ってもらおうか‼」

鼓動が高鳴る。

反射的に振り返った私の瞳に、床を蹴る長身の姿が映った。

輝く青銀色の髪と同色の長衣の裾を靡かせながら走ってくるのは、遠目にもわかる神秘的なまでの美貌の持ち主。

「ディー!!」

「カリーナ、お待たせ」

胸中に喜びが溢れ、勝手に足が駆け出す。

途中でハイヒールを脱ぎ捨て、赤い絨毯を一目散に走りに走って、ディーのもとへ辿り着いた。

あわせてディーが両腕を広げ、私は勢い良くその胸の中に飛び込む。

すっかり見上げるほど身長が高くなり、身体も大きくなって引き締まっているけど、間違いなく私のディーだった。

「会いたかった!」

「僕もさ!」

再会の喜びに彼と固く抱き合った私は、勢いのままにディーの口づけを受け入れる。

上から唇をぴったり重ねてきたディーは、想いをこめるように長いキスをした。

息つく唇の間から舌が割り込んできたとき、ようやく私は、はっ、として、顔を横に向ける。

「駄目よ、ディーこんなの」

「どうして？」

問われた私は、周りの視線を意識した。それから唖然としてこちらを見ているルシアン様を振り返り、全身が発火しそうになる。

「だって、人前なのに」

「わかった。続きは二人きりになってからにする。やっと、カリーナと肉体的に愛し合えるようになったんだからね」

「……肉体的？」

口にしてから遅れて言葉の意味を理解した私は、「それって……！」と恥ずかしさに身もだえする。

ディーはうろたえる私を笑って見下ろすと、耳元に唇を近づけ囁いた。

「ところで例のことは決めてくれた？」

――そう聞かれた刹那。

『望めばどこまでも遠くへ行けるわ』

まるで私の背中を押すような母の言葉が蘇って、頭の中に響いた。

「ディー、私――」

答えかけたとき、背後から凛とした声が上がる。

「いきなり、カリーナの了承を得ないで何をするのだ！」

驚いてそちらを見ると、ようやく我に返ったらしいルシアン様がこちらに駆けてくるところだった。

ディーは「ふん」と鼻を鳴らす。

「ただの人間ごときが僕に指図しないでくれる？」

挑発的に言うと、私の肩を抱いてルシアン様を迎えるように赤い絨毯(じゅうたん)の上を進み出す。

途中、通りかかったディーを近くで見た人達がざわついた。

「彼が噂(うわさ)の大精霊様なのか」

「それにしても、あのお顔は」

「ルシアン殿下にそっくり」

周囲の感想を聞きながら、私は横から改めてディーの姿を観察する。

はっきり言ってそっくりというより、キラキラした光を振り撒くような天上のオーラを纏(まと)ったディーの美貌(びぼう)は、完全にルシアン様の上位版のように見えた。

そうしてお互い歩み寄ったルシアン様とディーが近くで向かい合う。

そのとき、私は気がついた。

ディーがルシアン様を見下ろしている、つまり、彼のほうが身長が高い。

実際、顔つきもディーのほうがやや年上に見えた。

ルシアン様はディーをキッと見上げ、険しい表情で非難する。

「いくら大精霊であっても、女性の唇をいきなり奪う行為が許されるわけがない！」

それをディーは冷笑した。

「あんたに許してもらう必要などないし、だいいちカリーナ本人は嫌がっていない。それに僕は『嫌なら拒んでくれ』などと言い訳しながら、空気も読まずにキスしてくるような輩が一番嫌いでね。そのくせ実際拒まれたら間抜け面で驚くときては、呆れるのを通り越して、憐れみを覚えてしまう」

――って、ディー、毒舌すぎ！

生命の泉でさらに新しい知識を吸収してきたせいなのか、一段と嫌味がきつくなっている。

「なっ――!?」

とたん、顔を真っ赤にして口ごもるルシアン様に対し、ディーは追撃した。

「だいたい、何をするんだというのはこっちの台詞だ。皆の先頭に立って誰よりもカリーナを傷つけてきたくせに、よくもまあ恥ずかしげもなく、婚約などと言い出せたものだ。図々しいのを通り越して頭がおかしいとしか思えない。唯一、毎回拒まれても諦めない根性だけには感心するが。いい加減、自分の救いがたいうぬぼれに気づいてはどうだ？」

ディーの鋭い舌鋒に、ルシアン様はぐっと堪えるように拳を握る。

「確かにそう言われても仕方がない面はある。カリーナを誤解して傷つけたことについては充分反省している」

いったん認めた上で、敢然と言い返した。

「だが、うぬぼれではなく、この世界中で僕ほどカリーナを愛し、幸せにできる者はいないと確信している！　だから、たとえ大精霊に反対されようと、必ずカリーナと結ばれて添い遂げてみせる！」

その堂々たる宣言と態度に周囲から自然に拍手が起こる。

すかさずまた口を開きかけたディーの唇に私は指を当てた。

「ディー、私あなたと外の世界へ行くわ。でもその前に、ここからは、私に言わせて」

そっと耳打ちしてから、改めてルシアン様に向き合う。

「ルシアン殿下。お返事もあわせ、今ここで私の話を聞いていただいてもいいですか？」

ルシアン様は一瞬迷ったように視線を泳がせた後、ふうっと溜め息をついた。

「ああ、カリーナ。わかった」

了解を得た私は、長年心の中にしまってあった大切な思い出を取り出す。

会場中が私の発言に注目して息を呑み、静かになった。

「まずは八年前、一人ぼっちで泣いていた私を見つけ出し、慰めてくださってありがとうございました」

瞬間、こわばっていたルシアン様の頬が緩む。

「カリーナ。やはり、君も覚えていたんだね」

「覚えていたどころか、それ以上です。私もリリアと同じように、あの日、あなたに恋したのですから。あのとき貰った言葉とあなたへの想いがあったからこそ、公爵家での辛い日々を耐え抜けました。今でも心から感謝しています」

ようやく私は、ずっと言えなかった自分の想いとお礼をルシアン様に伝えることができた。

「では、やはり、初めて会ったときから、僕達はずっと同じ気持ちだったんだな……」

感激したように声を震わせるルシアン様に向かって、私は静かに首を横に振る。

「いいえ、同じ気持ちではなく、むしろ全然違ったんです。私は孤独な日々の中、いつしか勝手にルシアン殿下を理想化していました。そのせいで再会した際に、自分の中で造り上げていた理想像と実際のルシアン様が違うことがどうしても受け入れられず、許せなかったんです。今思うと、ルシアン殿下のように、相手のありのままの姿、欠点までをも受け入れられない私は、所詮、恋に恋していた子供でした」

そう言って目を伏せる私に、ルシアン様が寛容な言葉をくれた。

「カリーナ。最初は誰だって子供だ。でも、そのことに気づければ、必ず成長できる」

私はそれに対し、激しくかぶりを振る。

「いいえ、いいえ、ルシアン殿下——そうわかっていても、私にはどうしても無理なんです。私の心を知ろうとするどころか、口では愛していると言いながら、話さえ聞いてくれない。一方的に自分の気持ちを押し付けてくるだけの自分本位なあなたのことは尊敬も理解もできません。尊敬できない相手は愛せないし、わかり合えない相手とは一緒に生きられません」

そう言いながら横に片手を出すと、即座にディーが応え、手を握って寄り添ってくれた。

その上で私は、動揺に揺れるルシアン様の空色の瞳をまっすぐ見て言い放つ。

「何より、私は相手の人格は関係ないなんていう、見下げ果てた愛は欲しくないのです！だから、婚約について、再度はっきりお断りさせていただきます。あなたとは結婚できません」

「……そんなっ……カリーナ……!?」

ようやく私の言葉が真実の響きを持って伝わったのか、ルシアン様は大きく目を見開いて息を呑み、その場で硬直した。

激しい衝撃を受けているその様子を目にして心が痛んだ。

「傷つけてしまって申し訳ありません。でも、ルシアン殿下はまぎれもなく私の初恋の人で、ずっと生きる心の支えでした。それだけは最後に伝えておきたくて……」

胸を押さえて言う私に、青ざめ小刻みに震えるルシアン様が、息も絶え絶えに問いかけてくる。

「……最後とは、どういう意味だ？」

そこで間髪容れずにディーが答えた。

「つまり、こういうことだ！」

叫んだ瞬間、私を横抱きにすると、ぶわっと背中から大きく青白く透明な羽を出現させる。

同時に目を開けていられないほどのまばゆい光が起こり、一瞬で辺りを覆い尽くす。

——そうしてようやく視界が晴れたときには、私はディーと共に二階ぶんほどの高さに舞い上がっていた。

私は片腕をディーの首に回し、お願いする。

「イクシード王の上まで行って」

「わかった」

そのまま王を見下ろす位置まで空中移動してもらうと、最後の挨拶を始める。

「国王陛下、あなたにもぜひ申し上げたいことがあります」

口をあんぐり開けて見上げていた王が眉をひそめた。

「どのようなことであろうか？　大聖女カリーナ」

私は母の言葉を胸に、たとえ相手が王であっても遠慮なく言うことにした。

「先ほど、あなたは私にこの国の平和を守り、王家の血を引いた子供を産んでほしいとおっしゃっていましたよね？」

「確かにそう言ったが……」

「はっきり申し上げますが、聖女を一国が私物化するなんて間違っています！　私は国の盾となって戦ったり、子供を産んだりする、便利で都合のいい道具ではありません」

私の非難に王は焦って言い訳する。

「私物化など滅相もない！　頼りにして期待はしているが、決して道具だとは思っておらぬ」

「いいえ、私を含め、ファロ家の血を引く者を勝手に保護対象にし、恋愛感情まで管理しようとしてきたのは、あきらかに人権を無視した行為――特に私の母を神殿に閉じ込め、自由を奪い続けたことについては許しがたく思っています！」

　そこで王は軽く開き直った。

「そう言われても、余は代々引き継がれてきた『王国にとって貴重な血筋を守る』という王の務めを果たしただけだ。聖女の血は国の宝だからな」

　さすがオリバー殿下の父親なだけあって息を吐くように自己正当化する。

　思わず私が呆れていると、ディーが「ふん」と鼻を鳴らした。

「語るに落ちるとはこのことだ！　国の宝というその発言こそが私物化している何よりもの証拠ではないか。罰当たりにも女神イクスが選んだ聖女を物扱いして独占しようとは、まさに神への冒涜。国を滅ぼされても文句は言えまい。少なくともカリーナが許しても、女神イクスの御使いである大精霊のこの僕が許さない！」

　ディーの激しい剣幕に、王が「ひいっ」とうろたえ飛び上がる。

　そのとき、この場に呼ばれていたらしい大神官様が、自分の出番とばかりに遅まきながら前に進み出た。

「まっこと大精霊様のおっしゃる通りでございます！　神殿側としても、王家による祭司一族への干渉に対しては、長きに亘って不満を抱いておりました！」

「ほう？　その割には言われるままにカリーナの母親を神殿内に閉じ込めた上、簡単に引き渡したようだが？」

　ディーが冷たく睨み下ろすと、大神官様は倒れるようにひれ伏し、床にこすりつけんばかりに頭を下げた。

「その件に関しては、返す言葉もございません。申し訳ございませんでした。大精霊様！」

「僕にではなく、カリーナに謝罪して償え。もちろん、言葉だけではなく実際の行いでな」

「はい、何でもいたしますので、何なりとお申し付けください」

「そうだな、それでは、まず、イクス神殿の最高権力をカリーナに返してもらおうか？　一族の衰退と、下らない権力闘争のせいで支配権を奪われたが、元々、神殿を建てたのはカリーナの祖先だ。そして代々神殿の管理はファロ家が行ってきた」

「おっしゃる通りでございます。これからイクス神殿は全面的に大聖女カリーナのご意向に従います！」

「では、さっそくだが、これからすぐにカリーナは国を出る。それに際し、三つほどやってもらおう」

「三つでございますか？」

「そうだ。一つ目は、今後のカリーナへの全面的な支援と、寄進という形で勝手に神殿に奪われた、ファロ家の莫大な財産の返還。二つ目は、王家から慰謝料を取り立てること。最後はカリーナの全財産を、大陸中のどこからでも引き出せるようにすること。ちなみに三つ目は今すぐだ」

要求がすべてお金のことであるのに、私は少なからず驚く。

「畏(かしこ)まりました。どこでも大聖女カリーナを歓迎し、お世話をさせていただくと共に、今すぐ資金を引き出せるように手配いたします」

大神官様は言うや否や片手を上げて合図を送り、飛び出してきた神官に指示する。

「良いか、大精霊様の指示に従い、即刻、各地の管区に伝令を飛ばすのだ」

「はっ」

とりあえずの言いつけを実行すると、ディーに向き直った。

「イクシード王国からの慰謝料についても、これから交渉してきっちり取り立てましょう」

これに対しては、ディーの脅しが効いたらしいイクシード王が自ら率先して申し出る。

「どうか、金ならいくらでも払いますので、国を滅ぼすのだけはご勘弁を！」

「それについてはカリーナ次第だな」

ディーに話を振られた私は、率直な気持ちを王に伝えた。

「私にとってもイクシード王国は大切な故国です。滅んでほしいなんて思うわけがありません」

王は大きく安堵の息を吐き、顔を輝かせる。

「おお、ありがとうございます。大聖女カリーナ」

「良かったな、イクシード王。では、カリーナの優しさに免じて、すべてをお金で済ませることにしよう。そうだな、慰謝料は領地を除いた王家の財産の半分とし、今、カリーナが身につけている宝飾品をその手付け金としよう」

「はい、それで結構でございます」

かなり無茶なディーの要求に二つ返事で承諾する王に向かって、今度は私から条件をつける。

「これからは聖女の力を当てにせず、王を名乗るからには、ご自分の力で国を守っていってください。ディーが言ったように私は今からこの国を出ますので」

「……しっ、しかし……東の大陸から皇帝が……」

とたん、泣き事を言い出すイクシード王の声を遮り、高らかな声が響いた。

「そうだ、行こう。広い世界へ。王国なんていう狭い囲いは君には相応しくない！」

宣言するように言うと、ディーが大きく羽ばたく。

突如、嵐のような激しい旋風が巻き起こる。

誰もが身をすくませる中、ただ一人ルシアン様だけが伸び上がって手を伸ばしてきた。

「カリーナ、頼む、行かないでくれ！」

「さようなら、ルシアン様。今までありがとうございました」

最後に彼を見下ろしお別れとお礼を伝える。

そんな私を攫（さら）うようにディーはさらに高く舞い上がり、高窓を突き破ると、勢い良く空へ飛び出した――

エピローグ　約束

果てしなく広がる大空の中。

私を抱いて飛ぶディーが、青銀色の髪を風にかき混ぜられながら尋ねた。

「さて、これからどこへ行く？　カリーナ」

眼下に広がる王都を見下ろしていた私は「そうね」と呟く。そして改めて母の願いと、自分がしたいことを考えた。

「まずは、この前話してくれた嵐で川が濁った村に寄って、次に日照り続きの国に行こうかしら――とにかく、私の助けを求めている人達のもとを順番に巡りたいわ」

これまで何もできなかったぶん、純粋に人の役に立ちたい。

「そうしてあちこちの困っている人々に聖女の力を届けながら、お母様のぶんまで色んな場所へ行って景色を見てくるの」

そう、できるだけ広く遠く――世界の果てまでも。

目線を上げると、ディーは冷たく見えるほど整った美貌に温かな笑みを浮かべていた。

「いいね。そうしよう」

そこで大人になったディーの顔を改めて見返した私は、遅まきながらに口づけしたことを思い出す。同時に鼓動が高鳴り、体温が上がる。

それに拍車をかけるように、続けてディーが呟く。

「でもその前に、旅の準備をして、出発祝いを兼ねて、成長したらカリーナとしたかった念願を果たしたいな」

「えっ？」

言われた瞬間、胸がドキッとして、先刻のディーの「肉体的にも愛し合える」という過激発言が脳裏に蘇る。

まさかディーは私を……

想像して勝手に焦っていたとき。

「さあ、そうと決まれば出発だ」

張り切った声と共にディーが急加速して、私は悲鳴を上げてしがみつくはめになった。

＊＊＊

結局、確認するのが怖くてディーに聞けないまま、数時間経った頃。

私達はナパスという港町の市場にいた。

といっても、ディーがそう教えてくれただけで私には、ここがどこの国かもわからない。

あれからいったんイクス神殿に寄って資金を引き出し、聖域を経由して途中まで移動。

そこからさらに一時間以上上空を飛んできた。

ただ、太陽の高さからもうお昼をだいぶ回っているのはわかる。

時差が開くほど遠くに来たことは確か。

何より、周りにいる人達の肌色が違うのと、飛び交っている言語が異国のものだ。

私は人でごった返す市場を見回してから言う。

「この地域の神殿にも寄るの？」

「いや、この辺りは信仰されている神が違って、イクス神殿の管区外だ。ただ、交易が盛んなので色んな国のものが売っていて、名産の美しい絹でできた服が手に入る。何より食べ物が美味しい」

説明しながら、ディーは道の両脇に並んだ色彩豊かな品物を広げた店を物色してゆく。

そして目的のものが売っている店があると足を止め、私に歩きやすそうな靴と、いかにも聖女らしい絹織物の純白のローブを買ってくれた。

さっそく地面に下ろしてもらって靴をはいた私は、たっぷりとしたドレスを掴んで裾(すそ)を上げながら言う。

「歩きにくいので着替えたいわ」

しかし、ディーは片目を瞑(つむ)り「まだ、駄目」と答えた。

「どうして？」

「二人にとって特別な夜だから、美しく着飾ったカリーナと過ごしたいんだ」

「特別な、夜」

ディーの意味深な発言に私はごくりとつばを飲み込む。

やっぱりディーは私と今夜……

頭に浮かんだ衝撃映像を慌てて打ち消していたとき、ディーが手を引いて尋(たず)ねる。

「ねぇ、カリーナ、何か食べたいものはある？」

それどころでなかった私は「特にないので、ディーに任せるわ」と丸投げした。

ディーは適当な店で食料と飲み物、それになぜか毛布を買い込むと荷物袋を背負い、また私を抱き上げる。

「さあ、これで準備が完了したから目的地へ行こう」

どうやらここには買い物のために寄っただけらしい。

「どこへ行くの？」

「それは着いてからのお楽しみ」

ディーはまた片目を瞑って言うと、一応周りに人のいない路地裏に入ってから、大きな羽を広げて飛び立った。

それから一気に上昇して、あっという間に雲の中へ突入する。

そのまましばらくは延々と雲が続き、周りが真っ白で何も見えない状態だった。

暇なのでディーに話しかけたくても、風がごうごうと耳元で鳴るほどの速さで飛ぶものだから、会話もままならない。


ようやく雲の一帯を抜けて視界が開けたとき、私は大きく目を見張り、息を呑んだ。

なんと目の前に広がっていたのは、本で繰り返し見ていた景色だった。

それは私がいつか行きたいと夢見ていた場所。

山裾から見えない高地にあるがゆえに、天空都市と呼ばれる古代遺跡である。

「……うそみたい……」

信じられない思いで見ているうちに山頂に到着し、私は憧れの地に降り立つ。

ディーが私の肩を抱き寄せながら、耳元で囁（ささや）いた。

「記念の夜を過ごすなら、ここしかないと思って」

私は夢を見ているような気分で、近くに立つ門の間から覗く都市を眺める、そして、遅れてディーの顔を振（ふ）り仰（あお）いだ。

「約束を覚えてくれていたのね」

「当然さ」

「ありがとう、ディー、大好き」

私が感激して抱きつくのに、ディーも応えて抱き返す。

「僕も大好きだよ」

固く抱き合っていると、ドレスの裾（すそ）が風でばたばたとはためいた。

峠（とうげ）の一番高い位置に立っているので風が強いのだ。ディーの胸から顔を上げた私は、彼の腕に掴まって言う。

「暗くなる前に遺跡を見て回りたいわ」

「うん、カリーナ」

石積みの門を越えると、城壁に囲まれた都市が一望できた。

私は斜面に沿って段々に造られた地形を眺めてから、足元に伸びている都市へと続く長い下り階段を見下ろす。

ドレスで歩いていくのは無理そうだった。私はディーに行きたい場所へ連れていってもらうことにする。

まずは北側の居住区を指定して、はるか昔に建造されたとは思えない、整備された町並みを見て回る。

茅葺(かやぶ)きだったという屋根はさすがに抜け落ちていたものの、どの建物も石造りの壁と床はほぼ原型をとどめていた。水路にも少量だけどまだ水が流れており、苔(こけ)むした水汲み場へ注いでいる。

探索しているうちに太陽が沈みかけ、最後に谷底まで続くという段々畑の跡を眺めた後、そこを離れた。

次に、高台に移動すると、やはり天井が抜けた巨大な柱がそそり立つ神殿がある。石畳の床には三柱の神の像が並んでいた。

近寄って見上げながら、改めてこの世界を治める神がイクス神だけではないことを実感する。

そして、火の大精霊を従えているという東の大陸の皇帝の存在を思い、改めて緊張した。

ディーにもそれが伝わったらしく、ぎゅっと手を握られる。

「カリーナには僕がついているよ」

「うん」

私もしっかりと手を握り返す。

そのとき、ディーが黄昏色に染まり始めた空を見上げて呟いた。

「もうすぐ夜だね」

とたん、私を別の緊張が襲う。

『肉体的にやっと愛し合える』

『成長したらカリーナとしたかった念願』

『特別な夜』

『美しく着飾ったカリーナと過ごしたい』

今日のディーの言動を振り返ると、どう考えても今夜私と、肉体的に愛し合うつもりとしか思えない。

でも、私のほうはまだ全然心の準備ができていなかった。

だからディーには申し訳ないけど、私にはまだ早すぎると正直に断らなくちゃ。

そう思えども、言葉にするのすら恥ずかしく、なかなか言い出せない。

ぐずぐずしているうちに、ディーが神殿内の床に敷物を広げ、食事の準備を始める。

ここで夕食を取ってから宿泊施設のある場所へ移動するのだろうか？

確か麓に村があったはずだし、野宿ということはない気がする。

想像を巡らせながら南国特有の薄く焼いたパンや果物を食べている間に、完全に日が落ち、辺りがすっかり夜の闇に包まれた。

夕食を終えると、ディーに手を引かれ、神殿の中央にある石畳の敷かれた広場へ連れていかれる。

——まさか、ここで？

内心どきどきして立ち止まった。

見上げると、空には降るような星が輝いている。

「今日は残念ながら月が出ていないから明かりを灯そうか。カリーナの姿をよく見たいからね」

説明しながらディーが手から光る水の球を出す。

そして、次々と空中に浮かべてゆくと、あっという間に石畳の敷かれた広場が青白く照らし出される。

私は無数の光の球に囲まれた幻想的な景色に感嘆した。

「凄い」

そこで、ディーが身を引いて優雅にお辞儀をし、すっと手を差し出す。

「カリーナ、踊ってくれる？」

「えっ、ディー、いいけど」

拍子抜けして手を乗せると、ディーが美しい顔をほころばせて溜め息をつく。

「ようやくカリーナとまともに踊れる」

その感動が滲んだ声に、鈍い私もさすがにはっと気づいた。

「もしかして、ディーの念願っていうのは」

「うん。こうしてカリーナと釣り合う身体になって、ダンスをやり直したかった」

真相を知った瞬間、勘違いが恥ずかしくて、頬がかっと熱くなる。

「そうだったのね、私はてっきり……」

「違うことをしたがっていると思った？」

「だって、再会したとき、あんな長いキスをして、『肉体的にも』とか言うから、てっきり」

「ああ、あの口づけは、うぬぼれ屋の王太子に現実を見せつけるためにあえて長めにしたのさ」

「そうなの？」

「そうだよ。だいたい、僕が今までカリーナに何かを無理強いしたことある？」

「ううん、ないわ」

迷わず否定する私の瞳をディーはまっすぐ見つめた。

「ねぇ、カリーナ、僕は誰よりも君の気持ちがわかるし、大切にしたいと思っている。だから、いくらそうしたくても、カリーナの心の準備ができるまでは待つつもりだ」

「……ディー」

「──とはいえ、あくまでもつもりなだけで、理性が負けて襲ってしまう可能性は大いにあるけどね」

「えっ」

思わずぎょっとする私を見ながら、ディーが堪えきれないというようにクスクス笑いを漏らす。

「もうっ、ディーったら、からかったのね」

私が抗議すると、必死に笑いを噛み殺しながら謝った。

「ごめんね、カリーナの反応があまりにも可愛すぎるから──ねぇ、反省するから、機嫌を直して、踊ろう」

そう素直に謝られると怒れなくなってしまい、私は深呼吸してディーの腕に手を添える。

「いいわ」

「今夜は、星の瞬(またた)きを音楽代わりにしよう」

星空を仰(あお)いで詩的な台詞(せりふ)を呟(つぶや)いたディーが、私の背中に腕を回してくる。

そうして二人で向かい合って組み合い、いよいよ最初のステップを踏み出した。

思えばディーと踊るのはこれで三度目。

といっても、今まではとてもダンスと呼べる代物(しろもの)ではなかった。

でも、今夜は違う。

少しだけだったものの、離宮にいる間ダンスを習ったおかげで、基本のステップとターンを覚えている。

だから、前回と違ってディーのリードについていけた。

何より、ディーが相手だと呼吸がぴったり合うので、練習よりスムーズに動ける。

二人きりなので、ぶつかる心配もなくのびのび動き回れるのも良い。

あとは回るタイミングと速さを意識してディーに身を任せるだけで、それなりに形になったダンスが踊れてしまう。

我ながら、初心者にしては流れるような動作で踊れている。それが嬉しくなって、調子に乗ってステップを速めた。

でも、ディーはそんな私の動きを追って完璧に合わせてくれる。

おかげで自由に踊れ、まるで羽が生えたみたいな気分だった。

石畳の床を滑るように踊りながら、こんなに楽しいのは生まれて初めてだと思えるほど心が弾む。

ディーも私と同じ気持ちなのか、目を合わせてこぼれるような笑みを浮かべた。

その天上の麗しさに見惚れて私はうっとりする。

光を受けて輝く青銀色の髪と、私だけを映す煌めく瞳、神様が丹精こめて作った芸術品のような完璧な目鼻立ち。

あらゆる点でディーは童話から出てきた王子様を越えている。

夢中でダンスしながら『カリーナも運命の人と出会うはず。だから、きっと、踊れるわ』という母の言葉を思い出した。

美しい光に彩られた会場で、豪華なドレスを着て、世界一愛しい人と見つめ合って踊る。

まさにそれは、かつて憧れた場面そのもの。

私はディーの腕の中、幸せに酔いながら夢のような時間を過ごした。

＊　＊　＊

気がつくと夜が明けて、すでに空が白んでいた。

どうやら踊り疲れて階段に座り、ディーにもたれて休んでいるうちに眠ってしまったらしい。いつの間にか毛布にくるまれた状態でディーの膝の上に抱かれていた。

「ごめんなさい。重かったでしょう？」

慌てて身を起こした私は、ディーの上から下りて隣に座り直す。

「ううん、全然。僕にとってカリーナは子供みたいに軽いからね」

確かに昨日ディーは、私を軽く片手で持ち上げていた。

逞(たくま)しくなったディーの肩に寄り添い、日の出の一瞬を見逃さないように前方に目を向ける。

今まさに太陽の頭と山の稜線が重なった部分が輝いているところだった。


突然ディーに声をかけられ、私は、はっと目を開く。

「カリーナ、もうすぐ日が昇るよ」

私は目を細め、眩しい光を放ちながら徐々に姿を現す太陽を見つめる。

生まれて初めて立ち会う日の出の瞬間は感動的で、新しい日々の始まりと未来の希望を象徴しているようだった。

「綺麗」

「そうだね」

同意する声を聞きながら、こんなに朝日が美しく見えるのはディーが一緒だからだと思う。

どんな絶景も、降るような星だって——

愛する相手と見るから、より美しく、素晴らしく思える。

改めてディーがいてくれる幸せを感じた私は、横を向いて、ドキッとする。

なぜかディーが朝日ではなく私をじっと見つめていた。

「どうしたの、ディー?」

「別に。ただ、カリーナが綺麗だなって見惚れていただけだよ」

ディーはいかにも幸せそうな微笑を浮かべ、躊躇いもなくそう言ってのける。

対する甘い雰囲気にまだ慣れない私は、かーっと頬が熱くなって、恥ずかしさを誤魔化すように立ち上がった。

「さあっ、ディー、お互いの念願も果たしたことだし、出発しましょう。私達の助けを必要とする人達のもとへ」

あわせてディーも立ち上がり、弾んだ声で言う。

「そうだね、移動しよう。今夜は屋根のある場所で、カリーナと同じベッドでゆっくり休みたいから」

私は「同じベッドで」という部分に反応してびくっとする。

「でっ、でも、ディーは成長して身体が大きくなったから、さすがに同じベッドは狭いんじゃないかしら」

思わず焦る私。けれどそこで、ディーの口元にニヤニヤ笑いが浮かんでいることに「あっ」と気づく。

「ディーったら、また面白がっているんでしょう？」

「そんなことないよ。ただ、カリーナが僕をきちんと異性として意識してくれるようになったのが嬉しいだけさ」

言われてみると、この前までの私は、ディーを子供扱いしていた気がする。

そのとき、ディーが言葉に詰まる私の手を取り両手で握った。そして、想いをこめるように瞳を見下ろす。

「カリーナ、一緒に幸せになろうね」

まるで求婚のような台詞にどぎまぎし、返す言葉を探していた私は、気づいてしまう。

他の何もいらないくらい、すでに自分が幸せなことに。

ディーがそばにいてくれるだけで充分だった。

同時に、たとえこの先どんな困難が待っていても、ディーと一緒なら乗り越えられると思う。

「うん、ディーが幸せになるように頑張る。だから、もう二度と私から離れないでね」

気持ちをこめて手を握り返した。

「ああ、もう二度とカリーナから離れない」

囁くように言いながら、ディーが顔を近づけてくる。

私は素直に目を瞑り、その唇を受け入れた。

再会したときとは違って、ただ温もりを伝えるような優しいキス。

唇を離した後、また恥ずかしくなって、私はあたふたと着替え始める。

ドレスを脱ぐのは一人では無理だったので、手伝ってもらった。ディーはその間、いつかのように何かに耐えるように目を瞑っていた。

そうして、大量の重たい宝飾品とたっぷり生地が使われたドレスを脱いで身軽になる。

さらに、聖女らしいローブに着替えると、出発準備完了。

私は最後に遺跡を振り返り、新しくできた大切な思い出を胸の中で抱き締める。

それから前を向くと、ディーと共に、まだ見ぬ場所と新しい出会いが待つ広い世界へ飛び立った——

書き下ろし番外編

大聖女の評判

「えっ、ディー、ここで昼食を取るの？」

東の都スーンの大通りで、私はやや呆然としながら目の前にある宮殿のような大きな建物を見つめる。

「食事だけではなく、宿泊予定だ。ここの一階のレストランは一流だし、上の階は王侯貴族御用達のホテルになっている。まさに働き詰めのカリーナの疲れを癒やすのに最適な場所だ」

ディーはそう断定したけど、私には全然最適には思えない。

確かにイクシード王国を出てからの二ヶ月ちょっと、私は聖女としてほぼ休みなく働いていた。加えて、ある理由で消耗しきっていたので一度ゆっくり休む必要がある。

でも、長年質素に暮らしてきた私には、こんな高級な場所は合わないような？

「ねぇ、もっと、庶民的なところにしない？」

「どうして？　お金はいくらでもあるし、せっかく大きな街に来たんだから、どうせなら美味しいものを食べて快適に過ごさなきゃ。それにカリーナには長年制限された生活をしてきたぶん、もっと人生の楽しみを味わってほしいんだ」

「……気持ちは嬉しいけど、私こってりした贅沢な料理は苦手だし……」

「なら、あっさりしたものを注文すればいいよ」

「あと広すぎる部屋だと落ち着かないと思うの」

「慣れたら快適になるさ」

「……何より、こんな格好だし……」

私とディーは丈長のフード付きのマントで身を覆い、髪と衣服を完全に隠した状態だった。

それというのも、聖女としての私の情報が急速に広まっているらしく、最近では高い確率で特定されて騒ぎになるから。しかも、どこに行くにも秘密裏、イクス神殿側も私達の行動についてはいっさい口外禁止にしているにもかかわらずである。

原因は、私のいかにも聖女らしい絹のローブと特徴的な銀髪にもあるけれど、一番は神々しい美貌のディーを連れているせいだと思う。

特にここに来る前に、湖の浄化のために訪れたセレンの村では人が集まって大変だった。

どれほどかというと、神殿騎士達に殺到する人々を止めてもらう必要があるほど。

おかげで私は、イクシード王国での辛い経験のせいで、大勢に囲まれたり注目されると極度の緊張状態になることを嫌でも自覚させられた。

簡単に言うと集団が怖いのだ。

このかつてない疲労感も、衆人環視の中で何日も浄化を行わなければならなかったことによる、精神的なストレスが大きい。

すっかり弱ってしまった私は、強い日差しを防ぐために南の大陸で買ったこのマントで正体を隠すことにしたのだ。

「だったら、今すぐこんなマント脱いでしまおう」

「えっ、それは駄目よディー。ここには神殿騎士達もいないし、もし人に囲まれたら、収拾がつかなくなるでしょう？」

「そうなったら、水で吹っ飛ばせばいいよ」

「ディーったら……また、そんなこと言って……!?」

「また」というのは、少し前にもディーが似たような問題発言をしたから。

あれは南のトロンという国でのこと――そこには創造神と太陽神を同一視して唯一神として崇める民族が住んでおり、彼らはイクス神を含めた他の神々を否定するどころか悪魔扱いしていた。

ゆえにトロンの人達は、見るからに他民族で異教徒の私達を差別的に扱った。

それに怒ったディーは、「日照りを解消するついでに洪水にしてやろうか」と、真顔で言ったのだ。

そのときのことを思い出しながら、真剣にディーをたしなめる。

「冗談でも人を害するような言葉を口にしては駄目よ」

「……別に、全くの冗談でもないさ。僕はカリーナが被害を受けそうなときは躊躇なく力を使うつもりだ」

「……!?」

断言するディーに返す言葉もなく固まっていると、ぐいっと手首を掴まれる。

「とにかく、カリーナ、空腹も限界だし、入るよ」

結局、あれこれ言ったかいなく、私は痺れを切らしたディーに強引に連れられて豪華なレストラン兼ホテルに入ることになった。

幸い、ディーが入り口でイクス神殿の紋章入りのシグネットリングを見せたせいか、マントを着たままでもすんなり店内へ通される。

そうして磨かれた大理石の床を進み、煌(きら)びやかなシャンデリアの下の大きな黒檀のテーブルの席へと案内された。

ソファーが対面で置かれているのに、ディーは当然のように私を隣に座らせた。

私はといえば、給仕から渡されたメニューを広げながらも、ディーの彫刻のような美しく整った横顔を盗み見る。

――ディーってなんだか水の大精霊の割に、私以外の人間に優しくないような？

私がそう感じた理由は、自分の祖先を含めた水の精霊の伝承と創世神話にあった。

この世界の始まりは、混沌の宇宙に秩序をもたらす創造神ユピスが生まれたことからとされている。ユピスはまずは自分の領域である天上界をつくり、次に宇宙の力を利用し、世界を形成する神――地の神、海の神、大気の神を誕生させた。

ところが、創造にあわせてそれに反発する力が起こり、ついに宇宙を混沌に戻そうとする巨大な蛇(へび)の怪物――悪の化身アポスが生まれてユピスを襲う。アポスに引き裂かれたユピスは、死の瞬間、自身から三つの神――それぞれ、希望、恨み、慈愛の心を引き継いだ――太陽神、冥界神、水の女神イクスを生み出す。三神は協力して戦い、太陽神が光で焼いたアポスを、女神イクスが水の鎖で繋ぎ、冥界神が地下深くに封印した。

平和に戻った世界で、創造神ユピスの残骸は生命の泉となり、その管理は女神イクスが担うことになる。イクスは愛をもって泉に祈ることで、万物の精霊に始まり、人や動物など様々な生命を誕生させていったという――

そんな女神イクスの眷属である水の精霊は伝承でも慈愛に満ち、人に対して優しく、時に献身的だった。

もしかしてディーだけ違うのは、その誕生と人格形成に私が関わったせい？

なんて責任を感じて悩んでいると、ディーが気を利かせて訊いてくる。

「料理名が難解でどんなものかわかりにくいなら、僕が代わりに頼もうか？」

「そうね、お願いするわ」

素直にディーに注文を任せ、ぼーっと座っていると、不穏な話が耳が入ってくる。

「とうとうカーレ島を足がかりに、東の大陸の帝国がフレンシア大陸に侵攻してくるらしいわね」

気を引かれて隣の席を窺うと、派手な身なりのご婦人が二人座っていた。

「怖いわ、火の大精霊を先頭に、あのカーレ島を三日で陥落させた船団が攻め込んでくるんでしょう？」

『火の大精霊』という名称を聞いたとたん心臓がドキッとしてしまう。そんな私の様子に気づいたのか、大量の注文を終えたディーが耳打ちしてくる。

「カーレはフレンシア大陸と東の大陸との間にある島だ。難攻不落といわれる堅固な城壁に守られた城塞都市がある」

そこを簡単に攻略するなんて火の大精霊はどれほど強いのだろう。

思わず想像してぞっとしていると、話の向きが急に変わる。

「大丈夫よ。きっと水の大精霊を従えた大聖女カリーナ様が私達を守ってくださるわ」

「そうね。なにせカリーナ様は聡明にして慧眼な女神イクスのように完璧なお方だそうだもの。きっと争いをおさめて、世界を平和に導いてくださるわね」

「ええ、なんといっても、終末に向かい乱れてゆく世界を救うためにイクス神が遣わした救世主ですもの」

そこまで聞いたところでいたたまれなくなった私は、ディーに助けを求める。

「どうしよう、ディー、私の評判が大変なことになっている……私には世界を救う力なんてないのに……！」

するとディーは安心させるように私の肩を抱き、耳元で優しく囁く。

「大丈夫。カリーナは自分で思ってるよりずっと凄い聖女なんだから、自信を持って」

……元気づけようとしてそう言ってくれるのはありがたいんだけど……自信を持とう

にも、聡明で慧眼どころか、何でもディーに相談しないと的確な判断が下せない。加えて世間知らずで、各種交渉や手配、お金の管理などもディーに任せていた。

とどめに集団が怖いという、大聖女と呼ばれるのが恥ずかしいほど不甲斐なく、完璧とはほど遠い私なのだ。

「……でも、ディー」

なおも言おうとする私の言葉をディーが遮る。

「それより、カリーナ、全然料理に手をつけてないじゃないか。たくさん食べないと後で僕が精気を注入しちゃうよ？」

「うっ、それは、止めて」

言われて焦った私はいつの間にか運ばれていた魚料理を口に入れ、必死に咀嚼する。

「そんなに遠慮しなくてもいいのに、カリーナを元気にする程度の精気なら、この食事半分くらいで補充できるんだから」

「だとしても、何でもディーにしてもらっているのに、そこまで依存したくないの」

せめて体力くらいはしっかり食べて自分で回復したい。

その一心で私が昼食を完食すると、先に食べ終わって支払いも済ませていたディーが立ち上がる。

「さて、食事も済んだことだし、カリーナ好みのこじんまりした宿へ移動しようか」

「えっ」と、意外な提案に驚いている間にまた腕を掴まれ、店の外へと連れ出される。

大通りに再び戻った私は、改めてディーの顔を見上げ、とまどいながら話しかける。

「でも、いいの？　ディーはこのホテルがいいんでしょう？」

「いいも、悪いも、カリーナが落ち着けないいんじゃ、仕方がないよ」

そこで、ふと、これはディーがいないと駄目な自分から脱する良い機会では？　と、思いつく。

「だったら、ディー、私だけ移動するから、今夜だけでも別々の宿に泊まりましょう」

「えっ」と、今度はディーが驚いたように息を呑む。

「カリーナ、それ本気で言ってるの……!?　僕はカリーナなしでは、一晩どころか、ほんの一時すら耐えられないのに……！」

そうなの？　と内心びっくりしながら、自分の独りよがりだったことに気づいて、ディーに謝ろうとしたとき――通りの向こうから怒鳴り声が響いてきた。

「何してるんだ、立て！」

反射的にその声の方向を見ると、商人と思われる男が倒れている少年を叱りつけているようだった。

でも褐色の肌の痩せた少年は、荷車の下でぐったり横たわったまま動かない。

すると今度は商人のそばにいた従者らしき男が、苛立った声を上げながら少年に近づいていく。

「おい、旦那様が立てとおっしゃっているのに、聞こえないのか?」

――その手に鞭が握られているのを見た私は、反射的に飛び出した。

「止めて! 子供に何をするつもりなの?」

急いで駆け寄る途中にフードがめくれ髪と顔があらわになったが、気にしている場合ではない。私は少年をぶとうとする従者の前に立ち塞がった。

「はぁ? お前はなんだ?」

睨みつける従者の後ろから、太った商人が代わりに答える。

「言うことをきかない奴隷に、鞭を与えるに決まっている」

「決まってるって、そんなこと、イクス神がお許しになるわけないわ!」

「ふん、許さないどころか、別の神を崇めるこいつを鞭打てば、きっとイクス神も喜んでくださるさ」

「いいえ、いいえ、イクス神は自分を信仰しない者を罰しろと言うような、心の狭い神ではない!」

そこで商人は、怒りに燃える私に近づき、顔をまじまじと見つめてきた。

「生意気なことを言う女だが、なかなか美しい顔をしている。しかもよく見ればお前の着ているマントは、この奴隷のいた南の大陸のものだな。どれ、一つ脱がせて、異教徒かどうかわしが調べてやろう」

下卑(げび)た笑いを浮かべて両手を伸ばしてくる商人に、私がさらに言い返そうとした、その瞬間だった——

「僕のカリーナに汚い手で触ろうとするな！」

背後からの怒声に振り向くと、ディーがいつの間にか手元に生成していた巨大な水の塊を放つところだった。

けれど私や他の人を巻き込まないよう周囲には水の障壁がそそり立っている。

「ぐばっ」

「ぐぼぼっ」

爆発的な威力の水が商人と従者にぶつかり、声にならない声を上げた二人はいっぺんに吹っ飛んでいく。

それを見届ける暇もなく、振り返った私は少年を膝に抱き上げる。

「大丈夫？」

問いかけてみたものの、あきらかに意識はなく、土気色の肌と微弱な呼吸が、いつかのルシアン様を思わせる。

瀕死なのだと悟った私は、とっさにディーを振り仰いで懇願する。

「ディー、お願い、この少年に精気を分けてあげて……！」

大聖女なんて呼ばれているのに、死にかけている少年を目の前にしても無力な私は、ただディーにすがるしかない。

しかし――

「嫌だ」

「えっ？」

まさか断られるとは思わず、呆然とする私を見下ろし、ディーはきっぱり言い放つ。

「僕はカリーナ以外に自分の精気を分けたりしない。助けたいなら自分の力を使うんだ」

「でも、私にそんな力は――」

「ない」と言いかけた私の言葉に、ディーが「ある」とかぶせる。

「なぜなら現在半覚醒状態のイクス神は、精神を生命の泉に繋げている。だからその代理人であり、祈りによって僕を呼び出した君なら、生命の泉の力を引き出すことが可能だ」

「――つまり、生命の泉の力を使えばこの少年を回復できるということ？」

「ああ、カリーナならできる！」

力強く断言するディーの言葉に、とたんにやれそうな気がしてきた。

「具体的にはどうすればいいの？」

さっそく尋(たず)ねる私にディーが説明する。

「簡単だ。水の浄化や水鏡占いのときのように、願いをこめて手をかざせばいい」

「わかったわ」

私は頷(うなず)くと、少年の胸の中央に手を当て、全身全霊で願う。

「お願い、イクス様、どうかこの子に生きる力をお与えください……！」

すると、瞬(またた)く間に私の手元が発光し始め——生命の泉から送られてきたらしい光が、みるみる少年の身体へと吸い込まれていく。

あわせて少年の肌に赤みが差してゆき、呼吸がしっかりしてきた。

「良かった」

ほっと胸を撫(な)で下ろしていると、イクス神殿の高位神官の法衣を着た老人が進み出てきた。

「もしや、あなた達は、大聖女カリーナ様と水の大精霊様ではないですか？」

「いかにもそうだ」と、即答したディーは続けて指示する。

「ちょうど良かった。この少年を神殿で保護してもらえるか？」

「この奴隷を、保護ですか？」

「ああ、充分栄養をとらせて健康体になったら、商船に乗せて故郷へ帰してやってくれ。費用はすべてカリーナが持つ」

「いえいえ！　イクス神殿の最高権力者であるカリーナ様からお金をいただくわけにはまいりません。費用はすべてこちらで持ち、仰せのようにいたします。水の大精霊様！」

神官が大仰に叫んだところで、こちらを遠巻きに見ていた通行人達が、我に返ったようにざわめき始める。

「水の大精霊様ですって！」

「ということは横にいるお美しい方は大聖女カリーナ様？」

「まあ、救世主様がいらっしゃるの？」

声が声を呼び、ぞくぞくと人が集まりだして、あっという間に人だかりができる。

そんな状況を見たディーは「では、頼んだぞ」と最後に一言告げ、素早く羽を出して私を攫う（さら）ように飛び立った――

そうして上空へ逃れたディーは、雲近くまで上ってから空中で停止し、腕の中の私を見つめる。

私も澄んだサファイアブルーの瞳を見上げ、先刻し損ねた謝罪をする。

「ごめんなさい、ディーがいないと駄目な自分が恥ずかしくて、少しは自立したかったの……」

ディーは美しい眉をひそめて形の良い唇を歪め、心外そうに声を張り上げた。

「いったい、それがどうして恥ずかしいの？　僕達は半身同士なんだから、お互いがいないと駄目なのは当然だ！　二人一緒で初めて完全で最強なんだから」

「……最強？」

「そうだよ。火の大精霊がなんだっていうのさ。生命の泉の力を引き出せるカリーナがついている僕は無敵だ。カリーナが自分の凄さをわかっていないだけなんだ」

さっきまでとは違い、今の私にはすんなりその言葉が受け止められる。

こんなふうにディーはいつだって私を励まし、勇気を与えてくれるのだ。

それに少年を見て思い出したことがある——私が以前訪れた異教徒の国トロンで疑問に思ってディーにした質問とその答えだ。

『ねぇ、ディー、私達はあなたが生命の泉の中で聞いた無数のイクス神への祈りをもとに各地を回ってるのよね？　いったいこの国では誰が祈ったの？』

『ああ、フレンシア大陸出身の亡き母親から教えを受けたという幼い娘だよ』

――つまり、ディーはたった一人の少女の祈りを拾い、違う大陸の国まで私を導いたのだ。

そして、先ほど商人達を水で吹っ飛ばしても、群がる人達にはそうしなかった。

何より私に少年を助ける方法を教えてくれた。

口ではなんと言っても、とても優しい、私の大精霊。

「ありがとう、ディー、大好きよ」

深い感謝と愛情をこめて私が抱きつくと、ディーも回している腕に力を入れる。

「僕だってカリーナが大好きだ。だから、常にそばにいて、カリーナのために何でもしてあげたくなる――僕の幸せはカリーナが隣で笑ってくれることだから」

その言葉に胸が熱くなると同時に実感する――私に献身的な愛を捧げるディーは、やはり生まれつき大きな愛を持った、イクス神の眷属なのだと。

「ディー、私も。私の幸せも、ディーがそばにいてくれること……一緒にいられるだけで幸せなの！」

そう叫んだ私は、言葉で伝えるだけでは足りなくて、ディーの首に両腕を回して自分から唇を重ねる。

ディーもすぐに応え、お互いが一つに溶け合うような長い長い口づけを交わす。

しばらくして顔を離すと、ディーは名残り惜しそうに私を見つめながら甘く囁く。

「続きは宿屋に移動してからにしようか？」

「うん、ディー」

——すっかり赤く染まった大空の中、ディーに抱かれて飛び始めた私は、愛される幸せに浸りながら考える。

皆が望むような大聖女や救世主になんてなれなくていい。ただ、ディーの隣にいるのに相応しい存在になりたいと——

新感覚ファンタジー
RB レジーナ文庫

旦那様、覚悟はよろしくて？

華麗に離縁してみせますわ！ 1

白乃いちじく　イラスト：昌未

定価：792円（10%税込）

父の命でバークレア伯爵に嫁いだローザ。彼女は、別に好き合う相手のいた伯爵エイドリアンに酷い言葉で初夜を拒まれ、以降も邪険にされていた。しかしローザは一刻も早く父の管理下から逃れるべく、借金で傾いた伯爵家を立て直して貯金をし、さっさと離縁して自由を手に入れようと奮起して⁉

詳しくは公式サイトにてご確認ください

https://regina.alphapolis.co.jp/

本書は、2022 年 3 月当社より単行本として刊行されたものに書き下ろしを加えて文庫化したものです。


この作品に対する皆様のご意見・ご感想をお待ちしております。

おハガキ・お手紙は以下の宛先にお送りください。

【宛先】

〒 150-6019 東京都渋谷区恵比寿 4-20-3 恵比寿ガーデンプレイスタワー 19F
（株）アルファポリス　書籍感想係

メールフォームでのご意見・ご感想は右のＱＲコードから、
あるいは以下のワードで検索をかけてください。

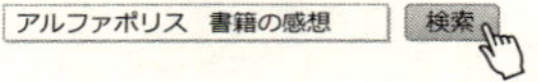

ご感想はこちらから

レジーナ文庫

性悪という理由で婚約破棄された嫌われ者の令嬢
～心の綺麗な者しか好かれない精霊と友達になる～

黒塔真実

2024 年 11 月 20 日初版発行

文庫編集－斧木悠子・森 順子
編集長－倉持真理
発行者－梶本雄介
発行所－株式会社アルファポリス
〒150-6019 東京都渋谷区恵比寿4-20-3 恵比寿ガーデンプレイスタワー19階
TEL 03-6277-1601（営業） 03-6277-1602（編集）
URL https://www.alphapolis.co.jp/
発売元－株式会社星雲社（共同出版社・流通責任出版社）
〒112-0005 東京都文京区水道1-3-30
TEL 03-3868-3275
装丁・本文イラスト－とき間
装丁デザイン－AFTERGLOW
（レーベルフォーマットデザイン－ansyyqdesign）
印刷－中央精版印刷株式会社

価格はカバーに表示されてあります。

落丁乱丁の場合はアルファポリスまでご連絡ください。

送料は小社負担でお取り替えします。


ISBN978-4-434-34823-5 C0193